D1116284

ВИКТОРИЯ ТОКАРЕВА

Сборники произведений
Виктории Токаревой
в издательстве «Азбука-Аттикус»

Виктория Токарева

Немножко иностранка

Рассказы и очерки

АЗБУКА

Санкт-Петербург

УДК 821.161.1-3 Токарева
ББК 84(2Рос-Рус)6-44-я43
Т51

Токарева В.

Т51 Немножко иностранка : Рассказы и очерки. — СПб. :
Азбука, Азбука-Аттикус, 2016. — 256 с.

ISBN 978-5-389-11273-5

«…Что такое талант вообще? Это дополнительная энергия, которая ищет выхода. И находит. Энергия чужого
таланта распространяется и на меня. Я ее чувствую. Гениальность — несколько другое. Гений — проводник между
Создателем и людьми. Создатель через гения передает
свои послания.

Я стою перед фресками Джотто и через семьсот лет
принимаю сигнал».

В. Токарева

УДК 821.161.1-3 Токарева
ББК 84(2Рос-Рус)6-44-я43

ISBN 978-5-389-11273-5

рассказы

с лицом осетра

От Инны Рогожкиной ушел любовник. Бросил. Без объяснения причин. Так легче.

А какой был роман... Не роман даже, целая жизнь. Все это продолжалось десять лет. Инне казалось: вот они — две половинки целого, но... он нашел себе другую половинку.

Инна знала эту женщину. Моложе, но ненамного. На пять лет всего. Сейчас популярна разница в двадцать и тридцать лет. Появилось словечко «папик», это значит — папа, отец. Мужики женятся на дочках, а дочки — на деньгах.

А здесь, в случае Инны, — ничего не понятно. Соперница по имени Василиса была похожа на трансвестита, как будто сделана из мужика. Мужик натянул платье, отрастил кудри и отрезал пенис. А может, не отрезал, а оставил как было. Василиса — плечистая, разворотистая, но главное — в другом. Василиса была богатая, в отличие от Инны, которая сводила концы с концами.

При социализме учили, что деньги — зло. А деньги — это как раз благо, свобода, возможности. Зло — это отсутствие денег. Но стране было выгодно держать людей в бедности, поэтому бедность воспевали: «А я еду, а я еду за туманом, за туманом и за запахом тайги». Эти слова переиначили: «А я еду, а я еду за деньгами, за туманом едут только дураки».

Любовник — его имя Владик — ушел к богатой. Есть даже термин «золотая мамка». Владик ушел к золотой мамке. Она поможет ему выпустить альбом, даст золотой пинок. А от Инны какая польза? Только слова и объятия. За десять лет объятия износились. Впереди — изматывающий труд художника-карикатуриста, постоянное перенапряжение — карикатуру в каждый номер газеты, боязнь халтуры, боязнь повтора.

Инна знала себя. Она десять лет любила, теперь ей понадобится десять лет, чтобы изжить это чувство. Итого двадцать лет псу под хвост. Как раз — вся молодость и зрелость.

Что останется впереди? Перезрелость и обида на все человечество.

Справедливости ради надо сказать: первые десять лет — не под хвост. Это не были вырванные годы, как говорят. Это был рассвет над Москвой-рекой, «весенняя гулкая рань, счастье, настолько ощутимое, что его можно было потрогать руками, прикоснуться губами, испить до дна».

Сейчас счастье отобрали, нагло выхватили и еще облили помоями с ног до головы. Все ходят мимо и усмехаются.

Инна покрылась красной сыпью. Врач сказал: на нервной почве. Кожа реагирует на стресс.

Далее врач сказал, что надо намазаться болтушкой и не мыться три дня. Желательно нигде не появляться, поскольку болтушка вонючая, с примесью дегтя. А через три дня можно будет все смыть под душем и посмотреть результат. Возможно, кожа очистится. А если нет — намазать снова на новые три дня.

Инна решила уехать из Москвы. У журналистов был свой дом в Прибалтике, туда не пускали посторонних. Хотя зимой путевки продавали всем желающим, чтобы помещение не пустовало, а приносило доход.

Инна купила две путевки — себе и дочке. У нее была восьмилетняя дочка Настя — любимая толстая девочка с круглым смуглым личиком. Инна называла ее «Блинок» (от слова «блин»). Впереди у дочки зимние каникулы, пусть девочка подышит соснами и морем. К тому же возле Инны будет родная душа, будет о ком заботиться, кого любить. Тяжело оказаться одной в обнимку со своим горем, а так все же втроем: она, дочка и горе.

Инна приехала на поезде. Ночью не переодевалась в пижаму, осталась в свободном индийском платье. Платье — не дешевая марлевка, а из плотного хлопка с вкраплением ярких квадратов. Глядя на Инну, сразу становилось понятно, что барышня не хухры-мухры, а вполне продвинутая, модная, но не веселая. Даже можно сказать — грустная. Подавленная. Не хотелось к ней приставать. От нее не исходило зовущих сигналов. Наоборот, шел сигнал: «Отстаньте все от меня, я вас всех ненавижу, чтоб вы сдохли в страшных мучениях».

Дом отдыха был огромный, гулкий. Им досталась комната на седьмом этаже. Этот этаж считался престижным. Хороший вид из окна: сосны, заснеженное море.

В столовой также достался уютный столик у окошка на четыре человека. Напротив сидела молодая женщина, существенно моложе Инны, с пятилетней девочкой.

Девочка Даша — маленькая разбойница: верткая, тощенькая, дикая. Волосы — черные до синевы, как у китайца. Челка до зрачка. Постоянно чем-то недовольна. Очень милая. Смешная. На нее хотелось смотреть и смотреть. Настя прозвала ее «Дикареша».

Дашина мама по имени Маша — красавица, Шамаханская царица. Рюмочная талия, высокие брови, ясное лицо. Многословие. Говорила не переставая, но ни одного пустого слова. Каждое слово — золото.

Инна была рада, что ей не надо участвовать в беседе. Достаточно только слушать. Да и слушать необязательно. Можно просто сидеть молча и думать о своем. Она смотрела на Машу, на ее глаза цвета меда, мелкие зубы, безукоризненно белые.

Ангельский голос лился не переставая. О чем Маша говорила? О чем-то умном и вполне интересном. Маша была искусствовед.

Маша — молодая, Даша — маленькая. Лицезреть молодость и красоту гораздо приятнее, чем старость и увядание. Инна была рада, что ей достались такие соседи.

Инна сидела намазанная болтушкой. Стеснялась своего вида и запаха. Постоянно думала о Владике: почему он ее бросил и женился на грубой Васе с крестьянским лицом? Причина проста. Он был жадный. А Инна — бедная. Что она могла заработать своей журналистикой? Денег — кошкины слезы и никакой недвижимости, двушка в хрущевке и дочка с круглым личиком. Все! А у Василисы в сумке водились доллары, спрессованные в толстую пачку. Она покупала еду и одежду в валютном магазине, там другая еда и другая одежда. И можно было широко угощать и одаривать. Вылезало совсем другое качество жизни.

Откуда валюта? От иностранцев. Откуда иностранцы? Личная инициатива. Василиса была купи-продай, покупала и продавала и понимала, что под лежачий камень вода не течет.

Владик любил деньги, ничего странного. Принято считать, что женщины любят богатых мужчин. Правильно. Но и мужчины любят богатых женщин. Почему женщинам можно, а им нельзя?

Маша говорила о Чехове. О том, что настоящую биографию Чехова написал англичанин. Странно, почему англичанин, а не русский?

— А почему Чехов не женился на Лике Мизиновой? — спросила Инна. — Лика гораздо красивее, чем Книппер.

— Антон Павлович был сноб, — ответила Маша.

— В каком смысле?

— Лика — обычная, заурядная девушка. А Книппер — популярная актриса в ведущем театре. Она быстро сделала из их брака бизнес. Чехов стал акционером. Другой уровень.

Инна покачала головой. Даже Чехов купился, а что уж говорить о Владике, бедном карикатуристе.

Блинок сидела рядом с Инной и с удовольствием кушала поставленную еду. Время от времени вытирала рот о мамин рукав. Хорошо, что платье было не парадное, бросовое. Такое поведение ребенка недопустимо, но Маша не удивлялась и не делала замечаний, как бы не видела. Воспитанный человек. Инне было лень воспитывать дочку. Она ее любила и обожала — вот и все воспитание. И Блинок чувствовала материнскую любовь даже тогда, когда мамы не было рядом.

— Вы замужем? — спросила Инна.

— Да. Мой муж приедет завтра. Мы будем вместе встречать Новый год.

Инна вспомнила, что завтра тридцать первое декабря. Новый год, семейный праздник. А она — без семьи, только Блинок. Инна разошлась с мужем давно, еще до своего романа с Владиком. Почему разошлась? Трудно сказать. Причин не было. Как-то не жилось, и все. Разные звери. Удивительно не то, что они разошлись, а то, что поженились.

Завтра посреди зала поставят елку, все красиво оденутся и встретят Новый год. Инна решила, что она не пойдет на праздник, даже не спустится в зал. Она не может надеть красивое платье из-за болтушки, а смывать рано. Должно пройти еще двое суток: тридцать первое и первое. В Новый год она останется в номере, включит телевизор, они с Блинком посидят в обнимочку и лягут спать. Чем не Новый год?

Маша в свою очередь не спросила у Инны, замужем ли она. Захочет — скажет. А если промолчит — значит, не захочет, и нечего лезть с расспросами.

Дикареша крутилась на стуле, ей надоело сидеть на одном месте. Маша разрешила ей выйти из-за стола. Дикареша кинулась пересекать столовый зал слева направо, вдоль и поперек, сшибая стулья и официантов. Замечаний ей не делали, поскольку Маша и Даша — не простые, а номенклатурные. Машин отец — большая шишка в государстве. Такие подробности утаить невозможно. При этом Маша вела себя безукоризненно, никак не обнаруживая своего превосходства.

Инна поняла: Маша всю жизнь росла в любви и в достатке. Любовь и достаток делают людей гармоничными, добрыми, адекватными. А бедность и безлюбье — озлобляют. Именно из таких вырастают приспособленцы и предатели, и уголовники в том числе.

— А где ваш муж работает? — спросила Инна.

— В почтовом ящике. Инженер.

Инна удивилась. Ей казалось, что у Маши муж — арабский шейх или принц Монако, он в то время был холостым. В крайнем случае — отечественная знаменитость, но уж никак не инженер из почтового ящика.

— А как его зовут?

— Игорь. Гарик.

Позже Маша расскажет, что ее детство и юность прошли в южном городе. Отец Маши был хозяином края, и Машин брак с Гариком считался морганатическим, то есть неравным, поскольку Маша — дочь короля, принцесса, а Гарик — сын водопроводчика.

— Красивый? — догадалась Инна.

— Похож на осетра.

— Благородная рыба.

— Вовсе нет. Ценители рыб называют осетра «морская свинья». Грубое мясо.

— За что же вы его полюбили?

— За то, что он ТАКОЙ...

Инна поняла, что Гарик — принц-консорт, как муж королевы Елизаветы, и ему необязательно беспокоиться о деньгах.

— Моего отца перевели в Москву, мы переехали. Отец сделал нам квартиру во время Олимпиады. Это было практически невозможно, но нам дали квартиру улучшенной планировки.

— Где? — спросила Инна.

Маша назвала улицу и дом.

Инна вытаращила глаза. Она жила в том же районе. Это был хороший знак. География в дружбе — определяющий фактор. Жить на разных концах города — это то же самое, что в разных государствах. Друзья встречаются раз в год, а потом и вовсе перестают. Жизнь разводит в конце концов. А проживание рядом людей объединяет, делает почти родственниками.

Наступило тридцать первое декабря.

Гарик приехал к обеду. Инна с Блинком сидели за столом и ели суп.

Маша встречала мужа, и они вместе вошли в зал. У Маши была немножко странная походка: она подрагивала спиной, как будто шла по острым камешкам. Ее муж шагал легко и пружинисто, что выдавало в нем спортсмена. Одет интересно: бежевый пуловер и вокруг горла длинный бежевый шарф, концы свисали низко. Тонкокостный, с прямой спиной и высокой шеей, как артист балета. Самое слабое звено —

лицо. В лице действительно было что-то от осетра.

«Могла бы и получше себе найти», — подумала Инна, но ей было все равно. Какая разница... Чужая жизнь была за гранью ее интереса.

Пара подошла к столу. Инна подняла глаза на Гарика и сказала:

— Здравствуйте...

Он смотрел на Инну и, казалось, продирался взглядом сквозь ее горе и равнодушие.

— Здравствуйте, — ответил Гарик и сразу стал симпатичный, хотя оставался похожим на осетра. Но ведь и осетры бывают симпатичные.

Позже он скажет Инне, что все произошло в первую секунду. Одновременно со «здравствуйте». Он влюбился с первого взгляда. В такую вот грустную, несчастную и не особенно молодую в сравнении с женой. Маша была моложе Инны на восемь лет и красивее в восемь раз. Да что там говорить...

Инна увидела вдруг, что за столиком не хватает стула для вновь прибывшего гостя. Стол рассчитан на четырех человек, а Гарик — пятый.

Она поднялась со своего места, взяла два столовых прибора и перешла за соседний свободный столик.

Дикареша подскочила к отцу, облепила его колени. Стало видно, что они похожи — те же темно-синие волосы, низковатая макушка. Макушка у обоих располагалась чуть ниже, чем положено. Дикарь-папа и Дикареша-дочка.

Гарик остался стоять возле стола, склонив голову. Правильнее сказать: повесив голову. Его огорчил уход Инны. Хотелось компании. Хотелось, чтобы было весело. Семья — это семья. Изучена вдоль и поперек, ничего нового. А Инна с девочкой — это два новых человека, которых интересно познать и себя прокатить на новой матрице. И что-то еще, неведомое, зовущее и дразнящее.

Инна заметила эту склоненную голову, висящие руки. Маша тоже заметила, но сделала вид, что не заметила. Впереди Новый год, семейный праздник. Семья в сборе, а это — главное. Остальное — детали. Аксессуары. Кстати, красивая жена — тоже аксессуар.

Сбор гостей был назначен на одиннадцать часов вечера. Следовало проводить старый год, а потом встретить новый. Программа на всю ночь.

Инна не собиралась праздновать Новый год, но вдруг почему-то пошла в ванную. Встала под душ, пустила горячую воду, густо намылила мочалку. Она с силой терла себя, как будто сдирала и смывала всю прошлую жизнь. Стояла в густой пене. Потом эта пена падала к ногам и уходила в дырочку стока, неведомо куда, в преисподнюю.

Инна вышла из ванной, завернулась в халат. Долго отдыхала в кресле. Тело дышало, приходило в себя. Инна превращалась из подранка в молодого зверя, полного сил, способного на полноценную охоту.

Блинок включила телевизор. Там передавали танцы народов мира.

Блинок пробовала повторять эти же ритмы. Она была кругленькая и неуклюжая, но старательная. Старалась изо всех сил и была собой довольна.

— Похоже? — спросила она у мамы.

— Как свинья на коня, — ответила Инна.

Блинок задумалась. Конь и свинья — совершенно разные животные. Как они могут быть похожи?

— А кто свинья? — уточнила Блинок.

— Конечно, они. — Инна указала в телевизионный экран.

Блинок удовлетворительно кивнула головой, однако танцевать перестала.

Инна сгребла ее в охапку. Она обожала свою дочку — милую, кругломорденькую, доверчивую. Ее ничего не стоило обмануть, убедить в чем угодно. Поэтому, именно поэтому ее надо защищать, любить и баловать.

Инна целовала своего Блинка. Вспомнила при этом, как горилла ласкала своего детеныша в сухумском питомнике. Видимо, такая вот всепоглощающая, зоологическая любовь к потомству заложена природой в человека и зверя и это и есть самая подлинная и самая долгоиграющая любовь. Она не проходит никогда.

В одиннадцать часов Инна с дочкой спустились к праздничному столу.

Маша, Гарик и Дикареша уже восседали на своем месте. Как все были наряжены! Девочки сверкали, как принцессы. Гарик в черно-белом, как пингвин. На Маше что-то элегантное, но не бросающееся в глаза. Она всегда одевалась таким образом, что ее одежда не запоминалась, не затмевала саму Машу. При этом был очевиден вкус и качество.

На Инне серое шелковое платье с глубоким вырезом. Сразу был виден французский шарм и крой. Наши модельеры не обладали таким воображением.

В России модельный бизнес расцвел позже, появились свои модельеры-звезды. Но это позже. Наступал восемьдесят шестой год, и никто не предполагал, что в ближайшем будущем Союз нерушимый разрушится в одночасье, разлетится на куски.

Красивая одежда сама по себе создает праздник. Весь зал пребывал в приподнятом настроении. Все поверили, что человек создан для счастья, как птица для полета. Некоторые философы считают, правда, что человек создан для страданий и для испытаний. Но все испытания остались дома, а здесь, на отдыхе, — никаких забот, свежий воздух, море и сосны, бутылки с шампанским, пробка в потолок.

Заиграл нехитрый оркестр.

«Сейчас он меня пригласит», — подумала Инна.

Гарик поднялся из-за стола и пригласил Инну на танец.

Маша бровью не повела. Как будто так и надо.

А может быть, так и надо? Что тут особенного?

Инна поднялась. Она была вполне молодая и вполне красивая, в расцвете лет, во французском платье.

Они с Гариком присоединились к танцующим.

Гарик положил свою большую ладонь на ее спину между лопатками. Ладонь была горячая, как утюг. Не жгла, но грела.

Гарик уверенно вел в танце. Танцевал он хорошо, но не только. Чувствовался мужик.

Гарик ловко двигался, крутил Инну вправо и влево, и она крутилась, и у нее получалось.

Вернулись к столу оживленные. Выпили шампанского. Инна хватила целый фужер, как будто жаждала.

Девчонки пили клюквенный морс.

На следующий танец Гарик пригласил Машу. Это был рок-н-ролл. Гарик и Маша стали друг против друга и пустились в пляс, выделывая сложные фигуры. Танцевали слаженно, как будто долго репетировали накануне, но при этом, Инна заметила, они танцевали не вместе, а каждый сам по себе. Маша смотрела куда-то мимо Гарика. Куда? Может быть, в свои мечты, а может, в иную явь. Была не здесь, а в другом пространстве.

Гарик выделывал кренделя и получал удовольствие от ритма, от движения и от физических нагрузок. Фигура и пластика были у него отменные, и компенсировали некрасивость лица. В нем что-то было. Чувствовался жесткий диск и несомненное обаяние.

Инна пошла танцевать с Блинком. Настя прыгала, как бегемотик. К ним присоединилась Дикареша.

Дети отдавались радости так, как отдаются только дети, — всем существом до последней клеточки. Весь мир для них.

Потянулась неделя отдыха. В режим входила обязательная прогулка по морскому побережью. Вечером после ужина — кино. В один из дней Инна не пошла на прогулку. Захотелось остаться в постели и почитать. Чтение — пассивное творчество. И если Инна не работала за письменным столом, то хотя бы читала.

Депрессия иногда накрывала ее с головой, но это уже была другая депрессия. Не такая ядовитая, не так жгла. Просто отсутствие активности и желание полного покоя.

Инна на прогулку не пошла, а Настю отправила. Маша и Гарик охотно взяли Блинка, поскольку Блинок составлял компанию их Дикарёше. Девочкам вдвоем было веселее, больше общих интересов, чем со взрослыми. Инна осталась одна в номере. Взяла блокнот и стала набрасывать статью на тему «Легко ли быть простым советским человеком?». Если ты никому не известный простой советский человек, попробуй попасть в хорошую больницу, поступить в хороший институт, элементарно попасть в Большой театр. Если ты простой советский человек, тебе разрешается работать за гроши, жить в блочной хрущевке, девять метров на человека, умереть раньше времени и получить место на Митинском кладбище. Там хоронили ликвидаторов Чернобыльской АЭС, ряды ранних могил выстроились как на параде. Если ты простой советский человек, тебе разрешается иметь короткую жизнь и умереть за Родину. Это сколько угодно. Это называется «патриотизм».

За окном стало бело от снежной пурги.

«Как они там гуляют...» — забеспокоилась Инна.

В этот момент дверь распахнулась и нарисовался Гарик, его лисья шапка и дубленка были запорошены снегом. Он снял шапку и тряхнул ею. Инну обдало снежной пылью. Она вопросительно смотрела на Гарика.

— Они там в кафе зашли, — торопливо сообщил он. — Придут не раньше чем через полчаса.

Он стоял возле кровати и выжидающе смотрел на Инну.

— Вы что, хотите за полчаса все успеть? — спокойно спросила Инна.

В этом вопросе таилась насмешка и презрение. Гарик распознал и первое и второе.

Обозлился и вышел.

«Идиот», — подумала Инна. Попробовала вернуться к работе, но статья не двигалась, выветрились все социальные мысли.

Надо будет написать статью «Легко ли быть одинокой женщиной в тридцать три года...».

Почему этот осетр явился к ней как к проститутке, типа: давай-давай, только быстро. Может быть, в ее облике чего-то не хватает? Или наоборот — что-то есть?

Объяснение простое: возле нее нет мужчины. Одинокая женщина — как непришитый рукав. Каждый старается этот рукав примерить: может, подойдет? Но есть еще одно объяснение. Просто Гарик — бабник. Имея прекрасную жену, он шарит глазами по сторонам. А если шарить, то обязательно высмотришь что-нибудь, что плохо лежит.

«Козел, — подумала Инна. — Все они козлы». Полигамия входит в мужскую сущность. Мужчинам надо осеменить как можно больше особей, чтобы оставить след после себя. И никакого романтизма. Романтику придумали люди, а природа глубоко равнодушна.

Инна не пошла обедать. Не захотела. Настя отправилась одна, деловито пообедала и захватила для мамы бутерброд с котлеткой, а сверху соленый огурчик. Завернула в бумажную салфетку. Инна посмотрела на сверточек, на Настю и поняла, что у нее есть друг. Не просто дочка, а верный человек со взрослой благородной душой. Значит, Инна не одинока. Нет. Не одинока.

Инна свесила ноги и стала есть бутерброд. Настя смотрела на то, как мама ест, и испытывала тщеславие. Это был ее удавшийся проект.

За окном мела пурга, а в номере было тепло и защищенно. И очень вкусно. Их собственный маленький мир.

Кино показывали в основном американское. Боевики. Полное барахло. В советской кинематографии много барахла, но если сравнить наш плохой фильм и американский — сравнение будет в нашу пользу.

Вся компания сидела в кинозале, уставившись в экран. Девочкам кино нравилось. Герой дрался ногами, как руками. Это приводило их в восторг.

Гарик сидел между Машей и Инной. Инна — слева, Маша — справа.

Кино — вполне бессмысленное и предсказуемое. Было очевидно, что главный герой всех победит и освободит любимую женщину.

Гарик накрыл своей ладонью руку Инны. Сделал это как бы между прочим, как бы ничего не происходит. Просто переложил руку со своего колена на колено Инны, где покоилась ее рука. Инна вытащила руку из-под его пальцев. Сделала это тихо, чтобы не привлечь внимания Маши. Не хватало, чтобы Маша заметила.

Гарик посидел какое-то время, глядя на экран, и вернул свою руку в прежнее положение: обнял пальцами ладонь Инны. Инна оставила все как есть. Покорилась. Не драться же с ним.

Так и сидели — рука в руке. Из его ладони струились токи. Инна чувствовала, как в ней все постепенно раскрывается навстречу его мужской силе.

Большинство мужчин, которых Инна встречала на своем пути, были «не по этому делу». Гарик — редкое исключение. Этим объяснялось, что он, будучи голоштанным инженером с лицом осетра, взял в жены красавицу из богатой семьи. А она — повелась. Влюбилась, должно быть. Можно понять.

Кино кончилось. Зажегся свет. Инна подхватила Настю и постаралась поскорее смыться. Ей было неудобно перед Машей. Хотя в чем ее вина? Что она могла сделать? Громко одернуть Гарика и тем самым поставить весь зал в известность, что Гарик — бабник, а Маша — жена бабника?

Инна ушла торопясь. Было похоже, что она сбежала.

Прошло две недели.

Гарик больше не приставал и не лез напролом, был тих и слегка трагичен. Его это украшало.

Инна с Машей подолгу гуляли, привыкали друг к другу. Вели откровенные беседы.

Маша поведала о том, что Гарик практически не зарабатывает, его зарплаты хватает только на его карманные расходы. Семью кормит отец Маши, и это недопустимо. Отец Маши презирает Гарика, Маша разрывается между отцом и мужем. Атмосфера унизительная. Гарик не хочет напрягаться, он хочет только играть на гитаре и сочинять свои песни одна хуже другой. Он знает, что голодать семье не дадут, а финансовые оттенки его не волнуют. Устроился сыночком.

— А ты не хочешь его поменять? — спросила Инна.

Маша долго молчала. Потом сказала:

— Мне нравится один человек, но с ним каши не сваришь.

— Женатый? — догадалась Инна.

— Вроде того. Он колеблется, как маятник Фуко.

— Давно?

— Два года.

— Это плохо. Так и будет: перпетуум-мобиле. Вечный двигатель. А потом соскочит.

Инна рассказала свою историю и с удивлением заметила, что ей нетрудно рассказывать. Как будто это чужая история. Боль притупилась. Кожа очистилась.

Поездка пошла на пользу.

Маша умела слушать. Это была светлая, прозрачная, чистая душа, и становилось странно, что даже такие красивые, совершенные люди сталкиваются с грубостью жизни.

Отдых подошел к концу.

Всей компанией вернулись в Москву. Поезд прибыл утром.

В этот же день Гарик подъехал к Инне домой и пригласил ее на базар. Это было очень кстати. Холодильник пуст, а машины у Инны нет. А без машины много ли унесешь?

Отправились на базар. Гарик умел выбирать мясо и овощи. Видимо, эта хозяйственная функция лежала на нем. Инна замечательно запаслась всем, что необходимо. Гарик дернулся заплатить. Инна не позволила. Она не хотела залезать в Машин карман. Еще чего не хватало… Гарик отнес сумки в машину. Можно было возвращаться.

Неожиданно Гарик исчез. «За цветами пошел», — предположила Инна.

Гарик вернулся с букетом астр — желтых и белых, похожих на собачьи морды. Инна любила астры больше, чем розы, потому что они долго стояли. А розы вяли на другой день. К тому же Инна обожала это ромашковое сочетание цветов: желтое с белым. Как Гарик догадался? Никак. Просто почувствовал.

Букет был большой, радостный. Он как будто улыбался, соглашаясь, что человек создан для счастья, Горький был совершенно прав.

В городе Гарик смотрелся лучше, чем на отдыхе, не такой настырный, заботливый, серьезный.

Он вручил цветы Инне. Инна приняла. Не стала отмахиваться. В конце концов, он — мужчина, а она — женщина. Жест уважения, не более того.

Они поехали обратно. Гарик молчал, слегка трагически. Хотелось спросить: что с тобой? Но зачем спрашивать? Инна и так понимала — что с ним. Она ему нравилась, и спрашивать — значит провоцировать, нарываться.

Странно, что Гарик влюбился в нее, менее молодую, менее красивую, чем жена, и вдобавок с разграбленной душой. Что он в ней нашел? Но неисповедимы пути Господни, особенно путь от сердца к сердцу.

А с другой стороны — почему странно? Инна тоже себя не на помойке нашла. Ведущая журналистка большой газеты, золотое перо, есть о чем поговорить — и не только...

Интерес Гарика оказался нужен и не нужен. Инна была ранена и нуждалась в любви, не важно чьей. Какая разница, кто прольет бальзам на раны? Но все-таки разница. Маша стала подругой и была душевно необходима, а играть двойную игру — не в ее натуре. Если бы Инна работала в разведке, как Штирлиц, обязательно бы провалилась, и очень скоро.

Отдых кончился. Начались будни, которые Инна любила больше, чем отдых. Она плохо переносила ничегонеделание.

Инна боялась встретить Владика в коридорах редакции. И все же встретила. И ничего. Земля не треснула под ногами, пол не обвалился. Владик приветливо улыбался, будто ничего не случилось. А может, и не случилось. У него. Он был женат, сексуально обеспечен и вполне себе счастлив. Каждый вечер ложился с опытной женщиной, она ему говорила: «Не напрягайся, я все сделаю сама».

Инна приостановилась. Молчала. Ждала, что скажет он. Владик произнес какие-то ничего не значащие слова типа: «Ну как ты поживаешь?»

Инна не поживала. Она зависла между нулем и минусом, кое-как цеплялась за жизнь. Но смешно ждать от него сочувствия.

В конце коридора возникла крупная бабища средних лет. Скорее всего, уборщица.

— Это твоя жена? — спросила Инна.

Владик обернулся.

— Не-ет, — прогудел он.

— Я пойду, пожалуй, — сказала Инна. — А то твоя появится, даст по шее...

Инна явно упрощала его выбор — и тем самым унижала его самого. Значит, страдает. Значит, ей не все равно. Значит, зло берет, кишки дерет. А было бы все равно — улыбнулась доброжелательно и — мимо.

Инна повернулась и ушла. У нее были дела в редакции. Но какая боль в душе, какое недоумение... Как могло случиться ТАКОЕ? Предательство всегда внезапно, как война без предупреждения.

Инна вышла на улицу.

Под ногами — каша, в душе — пустота. Безвременье. Хорошо бы вот такие пустые дни, недели, месяцы изымать из жизни и класть на сберкнижку, как деньги. Складывать пустое время. Набирались бы годы. А потом, впоследствии, когда жизнь наладится, придет счастье или просто старость, когда дорог каждый день, — вот тогда снять с книжки эти потерянные дни и проживать их со вкусом и наслаждением.

Маша тоже переживала безвременье. Она понимала, что может сесть между двумя стульями, и принималась налаживать то, что есть. А именно — Гарика. Надо было немного: заставить его зарабатывать.

Инна часто заходила к ним, ощущала потребность в общении. Дикареша вылетала навстречу и замирала. Начинался маленький театр.

— Кто это? — с удивлением спрашивала Инна, указывая на Дикарешу.

— Где? — притворно не понимала Маша.

— Да вот. Девочка какая-то... Откуда она взялась?

— Понятия не имею. Может быть, в окно влетела...

— А вы ее не обижаете? Не бьете? Даете покушать?

— Да вот... Не знаем даже, что с ней делать. А вам не надо, случайно?

— Если недорого, то я возьму...

Дикареша была счастлива от такого количества внимания. А Настя тихо ревновала и жалась к Инне.

— Мама, а про меня поговорите тоже, — просила Настя.

— А это кто? — переключалась Маша.

— На дороге нашла, — отзывалась Инна.

— Давай меняться, — предлагала Маша.

Дикареша пугалась. Она была еще маленькая и верила, что ее могут обменять на чужую девочку.

Инна чувствовала, что ей рады, особенно Гарик.

Гарик брал гитару и пел. Голос был небольшой, но мягкий. Гарик пел свои песни, неплохие. Было очевидно, что Гарик гуманитарий и инженерная работа стояла у него поперек горла. Он был не на своем месте. А какое место — его? Он этого не знал. И никто не знал.

Время от времени Инна находила ему денежную работу, но Гарик каждый раз отклонял предложение.

— В редакции нужен шофер грузовика, — сообщала Инна, — рабочий день не нормирован, зарплата как у профессора.

— Значит, я буду пахать с утра до ночи? — догадался Гарик.

— Большие деньги даром не дают.

— А жить когда? — интересовался Гарик.

— В Америке все работают с утра до ночи.

— Ну вот пусть они и работают, — разрешал Гарик и брал на гитаре аккорд.

— А твою семью будет кормить мой отец? — интересовалась Маша.

Гарик брал новый аккорд.

— А я буду краснеть за тебя...

Маша не повышала голоса. Просто объясняла Гарику недопустимое положение в их семье.

Гарик делал вид, что не слышит. Он был принц-консорт, а это значит: никаких обязательств, никаких усилий, одни удовольствия. Он знал, что семья голодать не будет. Отец Маши — молодой еще, пятидесятилетний лось. До девяноста доживет как минимум. Значит, еще сорок лет семья будет в шоколаде. А он, Гарик, как шмель станет летать над цветущим лугом жизни, садиться на один цветок, потом на другой и при этом аккомпанировать себе на гитаре.

Может быть, Гарик родился не там и не тогда. Время и место. Если бы он родился, скажем, в США, работал бы на припевках и подтанцовках у Мадонны — был бы богатым человеком и его любовницей стала бы уникальная Мадонна, а не Инна Рогожкина, одна из многих.

Маша спросила у Насти:

— Ты голодная?

— Я люблю есть, — созналась Настя.

Это было заметно по ее тугим щечкам. Инна время от времени не выдерживала и целовала эти щечки. Когда они с Блинком попадали в чужое пространство, их любовь обострялась. Любовь накрывала их как куполом, защищала.

Гарик тем временем пел песни из современного репертуара.

Какой бы застой ни стоял на дворе, искусства процветали. И песни были превосходные. Плохие песни тоже имели место быть, но они не приживались. Быстро лопались, как пузыри. А хорошие песни сразу превращались в шлягеры и звучали изо всех окон.

Инна слушала и смотрела на Гарика. Гарик пел и в этот момент становился сексуальным. Его хотелось.

Инна понимала его истинную цену. Цена была невысока: бабник и захребетник. Но он манил. Его мужская радиация наполняла комнату от пола до потолка. Хотелось открыть форточку. Было трудно дышать.

Инна предчувствовала, что когда-то ЭТО произойдет.

И ЭТО произошло.

Началось с пустяка: Гарик поцеловал ее в машине. Всего-то ничего. Но плотину прорвало.

Никогда в своей жизни Инна не испытывала такого чувственного наслаждения и даже не представляла, что ТАК бывает.

Гарик — талантливейший любовник. Буквально, Паганини со скрипкой. Гарик — Паганини, а Инна — скрипка. На ней никто и никогда ТАК не играл, и она не отзывалась ТАК.

Казалось бы, что нового в таком нехитром деле? Однако талант — это всегда новое.

Инна и Гарик подсели на секс, как на иглу.

Гарик сбегал с работы и заявлялся к Инне в первой половине дня, когда Настя была еще в школе. У них было часа два. Любовники набрасывались друг на друга, как хищники. Едва успевали добраться до дивана.

Случалось, Гарик приходил на ночь. Он что-то ловко врал Маше и оставался с Инной до утра, до тех пор пока Настя еще не проснулась.

Они никуда не торопились, пили чай с вареньем из лесных ягод. Выходили на балкон, смотрели на небо. Впереди была самая длинная ночь.

После страсти они проваливались в нежность и плыли в ней, как в невесомости. И засыпали рядом, и видели один и тот же сон, поскольку были ОДНО.

Утром он уходил. Инна провожала его до лифта. Возле лифта стояли долго, как будто он уходил на войну. Не хотелось расставаться.

Первое время Инна боялась, что не сможет встретиться с Машей, посмотреть ей в глаза. Как это возможно?

Но оказалось — возможно. Они вместе ходили в театр на интересные премьеры. Инне не было стыдно. Ее не мучили угрызения совести. Она по-прежнему любила

Машу, восхищалась ею. Гарик — это одно, а Маша — совершенно другое. Чувства к Гарику и Маше были разные и не смешивались, как жидкости с разным удельным весом.

Инна не собиралась разрушать их семью, не собиралась выдирать Гарика в личное пользование.

Отношения Маши и Гарика не менялись. Они ссорились раньше и продолжали ссориться теперь. Семья переживала кризис.

Маша любила, когда Инна появлялась в их доме. Она приносила с собой радость и здравый смысл.

Однажды все вместе отправились на прогулку в Воронцовский парк. Подошли к пруду. На берегу стоял могучий дуб, с него свисала «тарзанка» — толстая веревка, к которой крепилась перекладина.

Гарик ухватился руками за перекладину, разбежался, оттолкнулся ногами от земли, и «тарзанка» понесла его вперед и вверх, как дикаря в джунглях. Ветер отдувал волосы со лба.

Дикареша испугалась и закричала:

— Папа, куда же ты?

Гарик не слышал. Улетал в неведомое.

— Нужна ты ему… — тихо заметила Маша.

Гарик обожал свою дочь, но ему действительно никто не был нужен в этом отрезке жизни. Только небо, свобода и бесконтрольность. Куда хочу, туда лечу.

Инна опубликовала в газете материал, который признали лучшим. Статья была острой, на грани дозволенности, и даже с перехлестом.

Инну пригласил главный редактор. Это был влиятельный образованный человек. «Гейне» он произносил «Хайне», поскольку знал немецкий. Название реки Рейн он произносил «Райн». Его никто не понимал: какой Хайне, какой Райн? Приходилось объяснять.

Лицо у главного было неприятным. Обмылок. Но от него в газете зависело все. И не только в газете.

Инна вошла в кабинет.

Главный ковырялся в каких-то бумагах. Поднял голову:

— Я хотел предложить вам тему: конфликт хорошего с лучшим.

— Это как? — не поняла Инна.

— Это значит: мастер цеха, например, — хороший мастер. У него конфликт с инженером, который тоже хороший инженер.

— И в чем конфликт?

— Вы сами придумаете.

— Конфликт может быть между плюсом и минусом. А между плюсом и плюсом конфликта не бывает.

Главный оторвался от своих бумаг.

— Я не говорю, что это просто, — сказал он. — Поэтому я обращаюсь к продвинутым журналистам. Подумайте.

— Давайте так. Я буду писать то, что мне хочется. И вам показывать. Вы отберете то, что вам подходит. А по заказу я не пишу.

— Очень плохо, — спокойно прокомментировал главный. — Профессионал должен уметь все, и по заказу тоже. Моцарт свой «Реквием» написал по заказу, и это гораздо лучше, чем «Турецкий марш».

Инна промолчала. Она понимала, что главный выслуживается перед властью и хочет сделать это ее руками.

Главный — умный, образованный, а живет как червь, гнется где угодно. Инна могла гнуться только в суставах.

— Я буду ждать, — сказал главный.

Инна попрощалась и вышла из кабинета. Вернулась к себе в отдел.

Коллеги решали: кому бежать в гастроном за водкой и закуской. Послали младшего редактора Витальку Михалева. Он исполнял роль мальчика на побегушках.

Журналисты активно работали в первую половину дня, а в два часа, в обеденное время, начинали пить и уже не прекращали.

Пила вся страна, все слои общества: рабочие, крестьяне и прослойка.

Виталька вернулся, принес жизненно необходимое: водка, колбаса, батон.

— Будешь? — спросили у Инны.

Она не пила водку, ей было невкусно. Можно сказать, отвратительно. Но тут вдруг согласилась и выпила залпом треть стакана.

Было противно и непонятно, что вызывало отвращение: водка или ее криминальный роман с Гариком...

Как она могла опуститься до двойной игры? Штирлиц рядом с ней — мальчик.

Журналисты хмелели, шумели. Инна смотрела на них из своего угла: частично дети, частично козлы.

Газета иногда выезжала в другие города на встречу с читателями. Набивались полные залы. Полные с верхом.

Журналисты сидели на сцене за длинным столом. Выступали по очереди, выходя на край сцены. Любо-дорого смотреть и слушать. Говорили умно, блестяще. Рыли глубоко, бесстрашно. Это была настоящая вторая власть. Прорыв в правду.

Зал не просто слушал — внимал. Все чего-то ждали. Виктор Цой уже пел своим медным голосом: «Мы ждем перемен».

Близилась перестройка, хотя такого слова никто еще не знал.

Инна тоже ездила с газетой, но на сцену не поднималась. Не любила быть на виду. Стеснялась. Просто смотрела из зала и гордилась своими друзьями. А сейчас эти друзья сгрудились вокруг стола, как работяги в пивной, пьянь и рвань. Но она прощала, потому что знала другую их сторону. Они вращались вокруг Инны разными своими сторонами. Человек не может быть постоянно значительным. А вот постоянно мелким — может. Почему? Потому что в мелком нет глубины.

Прошло полгода. Наступил июнь, молодое лето.

Роман продолжался и даже набирал обороты.

Инна и Гарик устали прятаться. Решили поехать к морю. И поехали. Вернее, полетели. В Сочи.

Планировали остановиться в гостинице, но мест не оказалось. Сезон.

Инна стала уговаривать администраторшу — ушлую тетку среднего возраста, крашеную блондинку. Инна показывала ей свое удостоверение журналиста, слегка запугивала. С журналистами связываться не любят, мало ли, но тетка оказалась морозоустойчивая. Ничего не боялась и взятку не брала. А может, действительно не было мест.

Инна отошла ни с чем.

Гарик куда-то запропастился. Его не было рядом, не было и в отдалении.

Инна прошлась по длинному первому этажу. Наткнулась на стол для пинг-понга.

Вокруг него ловко скакали два игрока. Одним из них был Гарик. Он умело отражал ракеткой удары, и пластмассовый белый шарик летал над столом, не упав ни разу.

Инна застыла. Что сие означает? Значит, пока она выбивала места, напрягалась, унижалась, нервничала, Гарик нашел себе развлечение. Какой смысл напрягаться двоим? Пусть это делает Инна. У нее лучше получается. Он мог бы остаться рядом и тем самым молчаливо поддерживать. Это их общая проблема. Но нет. Гарик привык быть сыночком, привык ехать на чужом хребте. Его жизнь складывалась удачно в этом смысле. Сначала он логично ехал на хребте родителей, потом пересел на шею Машиного отца. Отцу это не нравилось, но делать нечего. Не заставишь ведь голодать родную дочь и любимую внучку.

Было похоже, что следующая шея будет ее.

Инна окликнула Гарика. Он обернулся. На его лице отразилось разочарование. Игра была не закончена, хотелось довести до конца.

Глаза Инны стали свирепыми. Гарик нехотя подчинился. Положил ракетку.

Устроились в санаторий «Шахтер».

Инна надеялась, что в этом профсоюзном санатории они не встретят общих знакомых, так как в ее кругу шахтеры не водились. Не хватало напороться на мину. Если Маше станет известна их связь, то последствия непредсказуемы. Какие могут быть последствия от землетрясения? Сплошные руины, травмы, несовместимые с жизнью. Лучше не думать. Машин отец позвонит главному редактору. Инна вылетит из газеты, и придется перебиваться случайными заработками с хлеба на квас. А Блинок так любит кушать…

Санаторий «Шахтер» оказался вполне комфортным по советским временам. Никакого вкуса, зато много пространства. Столовая — как Курский вокзал.

Гарик первым делом нарядился и побежал осваивать территорию. Ему не терпелось людей посмотреть, и себя показать, и поискать бильярдный стол, волейбольную площадку — все относящееся к спорту и движению. Это была его среда обитания. Гарик любил двигаться, играть и выигрывать, особенно на виду у всех. Должны быть зрители и аплодисменты. Это свойственно людям, неуверенным в себе. Самодостаточному человеку аплодисменты необязательны. Еще он любил и умел одеваться. Видимо, считал, что некрасивость лица следует компенсировать элегантностью. У него это получалось.

Главная его компенсация — сексуальный талант, но сие — дело тайное, зрители и аплодисменты исключены.

К обеду Инна и Гарик спустились в столовую. За их столом сидела супружеская пара среднего возраста.

— Это моя жена, — представил Гарик.

Мужчина кивнул головой и протянул руку.

— Иван Иваныч, — назвался он.

— Оля, — сказала женщина и посмотрела на Инну с нескрываемым удивлением.

Инна уловила это удивление. Подумала: Гарик моложе на пять лет и, наверное, это заметно.

Ужинали молча.

Было очевидно, что соседи по столу — люди интеллигентные, не шахтеры. Впоследствии выяснилось: адвокаты, работают в Кисловодске. Иван Иваныч — ведущий адвокат города.

Еще было заметно: муж и жена — две половины, спаянные в одно целое. Это было видно по тому, как Иван Иваныч подвигает Ольге хлеб, как смотрит на нее и как она спокойна и уверена в себе рядом с ним. Его локоть и плечо рядом с ее плечом — вот что ей важно. А все остальное не имеет значения.

Инна думала с горечью: откуда берутся такие верные, прочные пары? Почему ей не досталось такого спутника? И от чего это зависит?

Наверное, от установки. Иван Иваныч женился на Ольге раз и навсегда и не шарил глазами по сторонам. Если шарить, то обязательно что-то нароешь, и почему бы не стащить то, что плохо лежит.

Все зависит от установки мужчины. И женщины, само собой. А от чего зависит установка? От воспитания, от семьи, в которой вырос, и от судьбы. Инне попадались слабые мужчины. Почему? Потому что она сама была сильная. А сильные женщины не нужны сильным мужчинам.

Что же делать? Становиться слабой? А кто будет кормить дочку и старуху-мать?

Мать Инны не была старухой. Она была законопослушной учительницей, невезучей в любви. Женская карма ей досталась бросовая, провальная, с дырками. Видимо, карма передается по наследству. Можно в это не верить, но жизнь заставляет. Бабка была одинока и мать одинока. А вот теперь Инна, если не считать Гарика. Но Гарик чужой муж — раз. И пустая колода — два. Без козырей.

Какие у него козыри? Маша и Дикареша.

Санаторий имел собственный пляж, даже два: обычный и дикий.

Дикий пляж был огорожен сплошным забором, там купались и загорали нагишом. Он предназначался только для женщин.

Какое счастье входить в море голой! Это совершенно другое ощущение, чем в купальнике. Единство человека и воды. Человек вышел из океана, поэтому кровь напоминает вкусом морскую воду. Человек и вода — совпадают. А человек и огонь — противоречат. Плавать приятно, а гореть — нет.

Инна ходила на дикий пляж с Ольгой. Вместе загорали, плавали, болтали о том о сем.

Инна стояла голая, как Ева в райском саду. И вокруг все голые. И от этого обилия наготы она не замечалась. Замечается то, что пытаются спрятать. Например, хочется заглянуть в глубокое декольте. А когда все открыто, лишено тайны — какой может быть интерес? Просто стоит гомо сапиенс, гениально собранный природой.

Общее впечатление — как в бане. Или как очередь в газовую камеру. Там тоже никто никого не рассматривал.

Ольга рассказывала случаи из ее адвокатской практики. В основном бытовуха. Но был один случай, который показался Инне интересным для журналистского расследования.

История такова: аэропорт Минеральные Воды. Буфет. Очередь. В очереди — дети разных народов. В Кисловодске живут греки, армяне, украинцы, мусульманский Кавказ, русские, татары, казахи.

Буфетчица — миловидная хохлушка, отпускает нехитрый товар, обслуживает пассажиров.

Подошла очередь молодого чеченца.

— Мне курицу, — просит он. — Только не режьте ножом. Разломайте руками.

— Почему? — не понимает буфетчица.

— Вы этим ножом режете свиную колбасу.

— И что?

— Нам это нельзя. Разломайте руками. Вам что, трудно?

Буфетчица пожимает плечом, дескать, нет, не трудно. Ломает курицу руками на четыре части, кладет в пакет.

Чеченец уходит в зал ожидания.

Следующий в очереди — рыжий пьяный хохол.

— Сало, — говорит он.

— Сколько?

— Четыре пальца. — Хохол показывает ладонь.

Буфетчица отрезает ножом внушительный кусок сала. Хохол забирает покупку и идет на свое место. По дороге он сворачивает в сторону чеченца и, проходя мимо, проводит салом по его губам крепко, с нажимом.

Дальше все происходит в несколько секунд. Чеченец клонится в сторону, выхватывает из сапога нож, а в следующее мгновение голова хохла катится по кафелю, как футбольный мяч.

— Ужас... — ахнула Инна. — Это какой же остроты нож. Какая сила удара...

— Я его защищала на суде, — сказала Ольга.

— Чеченца?

— Ну конечно. Я добивалась оправдания, ему дали ниже низшего предела.

— Жалко пьяного дурака. Его казнили на глазах у толпы, — сказала Инна.

— Что посеешь, то пожнешь...

— А нельзя сделать скидку на то, что он дурак?

— Такого закона нет. Стало на дурака меньше.

— А вам его не жалко? — спросила Инна.

— Жалко.

Оскорбление веры... Инна задумалась: стоит об этом писать или лучше не трогать? Вера — это код человека. Кто кодировал — знать не дано. Все это глубоко, таинственно и необъяснимо.

Вошли в воду. Море успело прогреться до двадцати шести градусов.

— Заметно, что Гарик моложе, чем я? — спросила Инна.

— Нет. Заметно другое. Разница в мировосприятии. Он — зависим, а ты — свободна.

— В каком смысле?

— Во всех. Смотришь и видишь: стоит свободный человек.

Инна поплыла вперед, потом перевернулась на спину. Смотрела в небо. Думала: человек все равно зависит — от здоровья, от денег, от любви. Независимость может быть только на том свете, когда у тебя нет плоти, одна душа.

Инна заплыла далеко. Зависла между небом и землей. Сверху купол неба, внизу вогнутый купол моря. Счастье...

Гарик не загорал и не плавал. У него была аллергия на солнце. Он выходил на общий пляж в рубахе и целыми днями до обеда резался в пинг-понг.

Инна никогда не видела, чтобы он читал, например. Лучше всего Гарику удавалось безделье. Он бездельничал со вкусом и удовольствием. Инна иногда думала, что его время — это заря человечества, когда мужчина гонялся за зверем в набедренной повязке и с пикой в руке. А вечером плясал вокруг костра. А ночью активно размножался.

Инна не могла долго ничего не делать. Она постоянно обдумывала свои статьи, искала новые темы. И после двенадцати часов, когда солнце начинало шпарить, как беспредельщик, уходила в номер и садилась за письменный стол.

Это были хорошие минуты. Интеллектуальная деятельность доставляет большое удовольствие, наряду с другими удовольствиями. Интересно погрузиться в размышления и пребывать там, прячась от реальности. А потом вернуться в реальность и увидеть: как хорошо вокруг. И сказать себе словами Чехова: «Милости бог послал». А перед глазами готовая статья, как лукошко с малиной. День прошел не зря.

По вечерам пили молодое вино, смотрели, как садится в море утомленное солнце. И ждали главного часа: уйти в номер и остаться вдвоем. Он и она. Близость была желанна и не надоедала. Как еда и вода.

Однажды Гарик, обняв Инну, проговорил задумчиво:

— Если Машин отец узнает, он придет и выгонит меня из дома. — Помолчал и добавил: — Камни будут падать с неба, я все равно к тебе пойду...

Инна подумала: камни падают не с неба, а с горы. Это называется «камнепад».

— Не узнает, — сказала Инна.

Но она ошиблась. Отец узнал.

Гарика и Инну где-то засекли, может быть на сочинском базаре. Засекли и до-

ложили. Шила в мешке не утаишь. Тайное
стало явным.

Гарик вернулся в Москву и, ни о чем не
подозревая, отправился к семье на дачу. Дача
принадлежала Машиному отцу, а значит,
и Маше. Гарик был примак — так в народе
называют мужей, которых берут в дом на
все готовое, — и не имел отношения к соб-
ственности тестя.

Гарик вошел в калитку и бодрым шагом
направился к дому.

Мать Маши, то есть теща, тихая интеллигентная женщина, поливала розовые ку-
сты. Она развела на даче целую оранжерею.
У нее были розы всех цветов: красные, жел-
тые, белые и даже черные. Увидев зятя, она
медленно к нему направилась. Поставила
лейку на землю и проговорила:

— Гарик, мы приняли тебя в семью, как сына.
А ты? Вот как ты нам ответил. Ты опозорил
нашу дочь. Честь моего мужа поругана. Он
попросил передать тебе, чтобы ты больше
к нам не приходил. Забудь эту дорогу. Мы
никогда не хотим тебя видеть.

Она подняла с земли лейку и пошла обратно к розовым кустам.

Гарик стоял в растерянности. Не каждый
день услышишь такое. Его прошлая жизнь
тонула, как «Титаник».

Маша сидела в беседке и смотрела издалека.

— Гарик! — позвала Маша. — Поди сюда!

Гарик подошел к беседке.

— Сядь! — велела Маша.

Он сел на деревянную лавку.

— И каков теперь твой статус? — спокойно спросила Маша. — Мальчик при примадонне?

Он молчал.

— Какой же ты дурак! — удивилась Маша.

Гарик смотрел в землю. А что тут скажешь…

Он поднялся и пошел к калитке.

Из дома выскочила Дикареша. Увидела спину уходящего отца. Закричала:

— Папа! Папа!

Гарик не остановился. Может быть, не услышал.

Инна вошла в свою квартиру. Настя и ее бабушка (баба Валя) обедали на кухне. Настя увидела Инну и вздрогнула всем телом. Это был шок счастья.

Баба Валя тоже засветилась, как хрустальная люстра. Инна была стержнем семьи, как говорила баба Валя: «главарь семьи». Как ствол у дерева — промежуточное звено между корнями и ветками. Без нее как-то все не работало, не грело и не горело, как будто выключили тепло и свет.

Инна привезла крупную черешню, раннюю клубнику, особый сыр сулугуни, помидоры, пахнущие помидорами, с кулак величиной.

Жизнь зажглась и засверкала.

К ее коленям подошла Настя и спросила:

— А если бы я родилась у тети Ани и была ее дочка?

Тетя Аня — соседка по лестничной площадке — черная, носатая и крикливая, как итальянка. У Блинка в глазах стоял ужас от такой перспективы.

— И что? — не поняла Инна.

— Ты бы вышла выносить мусорное ведро, и мы бы с тобой встретились.

— Предположим…

— Ты бы на меня посмотрела?

— Я бы тебя украла и спрятала. И ты стала бы моя.

Блинок глубоко кивнула головой. Такой ответ ее устраивал. Не существовало ничего на этом свете, что могло бы их разлучить.

Вечером позвонил Гарик. Попросил Инну спуститься вниз.

Инна вышла. Села к нему в машину. Гарик все рассказал. В конце добавил:

— Жаль, что у меня нет драгоценностей.

— Каких драгоценностей? — не поняла Инна.

— Бриллианта в сто карат, величиной с грецкий орех. Я бы отдал его теще. Заплатил бы за все. Рассчитался.

Гарика мучило то, что он остался должен. Инна молчала. Было такое чувство, будто ее накрыло снежной лавиной — ни вдохнуть, ни пошевелиться. Впереди мучительный конец. Волосы шевелятся от ужаса.

Это был конец всему. Во-первых, конец дружбе с Машей. У нее больше не будет Маши. Гарика она получит в полном объеме, но он не нужен ей в полном объеме. Гарик — что-то вроде праздничного салюта, расцвел в небе и растворился. Ей же не нужен салют с утра до вечера, грохот над головой.

В результате вместо салюта получился коктейль Молотова — бутылка с горючей смесью, от которой горят дома.

Не говоря об отце Маши. Он может растоптать Инну, как жука. Наступил — и нет.

Необходимо вернуть Гарика на место. Но как?

— Что ты решил? — спросила Инна.

— Это я должен у тебя спросить. Что ты решила?

Гарик ждал предложения руки и сердца. Это было бы логично. Сказав «а», надо сказать «б».

Но Инна молчала, глядя перед собой. Выражение ее лица было тупым, как у бизона.

На ее плечах сидели дочка и мама. Оба плеча заняты. Куда сажать Гарика? На голову? Какой смысл играть в заранее проигранную игру?

Инна молчала, глядя перед собой. Гарик ждал. Потом сказал:

— Ну ладно, я поеду…

— Куда? — спросила Инна.

— К Вовчику. У него переночую.

Кто такой Вовчик, Инна не знала. У них не было общих знакомых.

— Ты голодный? — спросила Инна.

— У Вовчика поем.

Прошло полгода.

Гарик в семью не вернулся, а скорее всего, его не взяли.

Он поселился на даче у Вовчика. Ездил на работу, возвращался обратно, ел всухомятку. Деревянный финский домик утопал в снегах, поселок пуст, собачий вой, темень.

Инна приезжала на выходные, готовила Гарику на неделю. Она была плотно привязана к Москве — работа, ребенок. На Гарика оставались только уик-энды и праздники.

Отец Маши не мстил. Не опустился до разборок. Это был благородный человек высокого класса. «Его превосходительство». Он выделялся даже среди номенклатурного поголовья. Интересно, о чем он думал в сложившейся семейной ситуации? Может быть, удивлялся: каким это образом его малоуважаемый зять сумел увлечь такую неглупую женщину, как Инна Рогожкина? Либо второй вариант: зачем Гарик поменял шило на мыло? Маша была, несомненно, моложе и красивее, чем эта журналистка.

Инне было стыдно перед отцом Маши. Хотелось войти к нему в кабинет и встать на колени. Если бы можно было вернуться обратно в точку невозврата… Когда это случилось? Когда они впервые поцеловались в машине. Не надо было целоваться.

А кто виноват? Владик. Он бросил ее, унизил. Понадобилась компенсация, хоть какая-нибудь. Инна была ранена, подранок. Если бы не это — устояла бы.

Можно обвинить и Гарика. В конце концов, кто такая Инна в жизни Маши? Случайно встреченный человек. А Гарик — муж, взявший ответственность за жизнь своей семьи. С него и спрос. Но, как ни крути, змея есть змея, и нечего прикидываться шлангом.

Инна пыталась помочь Гарику, находила денежную работу, но Гарик по-прежнему уклонялся. Он любил свободу, любовь, пинг-понг, гитару, сладкую праздность. А ему предлагали участь лошади или осла, и вся жизнь — одна дорога, уходящая вдаль.

Нелюбимая работа тягостна, а любимой работы у него нет. Гарик создан для того, чтобы продвигать и воспевать радости жизни. Такие тоже нужны в природе.

Маша хотела сломать эту ситуацию, но у нее ничего не вышло. И у Инны не выйдет. Это все равно что заставить собаку летать по небу или заставить птицу сторожить двор.

По вечерам смотрели телевизор, лежа на диване.

Гарик осторожно касался пальцами своей ноги ее стопы. Минимальная, чуть заметная близость, но сколько нежности, родства. Они сроднились за прошедшие полгода, стали чем-то единым, и такого точечного прикосновения было достаточно, чтобы душа переполнялась нежностью и смыслом. Главное, душа не была пустой.

По телевизору передавали концерт. Алла Пугачева пела: «Ты покинул берег свой родной, а к другому так и не пристал».

— Это про меня, — сказал Гарик.

Инна притихла. Она не хотела говорить на эту тему. А главное, не знала что сказать.

Настала зима. Выпал снег. Красиво.

В Машиной жизни произошли перемены. Ее возлюбленный частично к ней переехал, но оставался женатым на своей жене. Продолжал быть маятником.

Путь Гарика в свой дом был отрезан. Инна ни на что не решалась. Гарик завис в неопределенности и не понимал, сколько это будет продолжаться и каков его статус. Быть «мальчиком при примадонне» он не хотел, а быть мужем ему никто не предлагал.

Муж в понимании Инны — это тот мужчина, которого любишь тремя этажами: верхним, средним и нижним. Голова, сердце и вагина, которую природа разместила в подвале.

В случае с Гариком полноценным являлся только нижний этаж с подвалом. А именно — страсть. Но страсть проходит, и если верхние этажи пусты, то ничего и не остается. Дом стоит пустой, и по нему гуляют сквозняки и хлопают ставни.

Инна все понимала, но отказаться от Гарика, его дыхания, его тепла, его запаха было трудно. Практически невозможно.

А зима была красивая. Снежная. Окна спальни выходили в белые деревья. Проснешься — и вплываешь в рай.

В один из таких райских дней Гарик сказал:

— Значит, так. Решай. Или мы женимся, или я ухожу.

Инна молчала с тупым лицом. Гарик внимательно смотрел на ее лицо. Потом поднялся и начал собирать свои шмотки в большую спортивную сумку. Он не блефовал. Инна это поняла. И заплакала.

Вещи Гарика были раскиданы по всему дому, во всех комнатах. Он ходил и собирал. А Инна двигалась за ним следом и плакала.

— Перестань, — просил Гарик. — Ты разрываешь мне сердце.

Инна не переставала. Он обнимал ее и целовал в слезы.

— Пойдем погуляем напоследок, — попросила Инна.

Они оделись и вышли на улицу.

Гарик надел кожаную куртку на меху. Такие куртки носили летчики тридцатых годов. Ретро. Но не старье. Последний писк моды.

Инна оделась во что-то незаметное. Ей не до красоты. Жизнь валится.

Пусть задействован только первый этаж. Но разве этого мало? Без первого этажа вообще дом не построишь.

Они миновали сосновую аллею и вышли на высокий берег реки.

Будний день. Детей мало. Обычно они здесь съезжают с горки на санках, на пластмассовых тарелках и просто на собственном заду, как суворовские солдаты. Сейчас — один-единственный взрослый мужик, катается на лыжах. Одет, как бомж, во что ни попадя, но он не бомж, скорее всего научный работник. Просто не следит за своим внешним видом. На голове женская вязаная шапка. Взял у жены. Высокий лоб. Большие очки.

Гарик и Инна застыли на пригорке. Она склонила голову ему на плечо. Такая скульптурная композиция: он и она на фоне реки и печали. Лыжник остановился рядом.

— Как приятно на вас смотреть... — поделился лыжник.

— Он меня сегодня бросает, — грустно сообщила Инна.

— Нет! — активно не поверил лыжник. — Не может быть!

Гарик горестно покачал головой несколько раз, подтверждая:

— Правда, правда...

Лыжник оттолкнулся палками и съехал вниз с крутого берега. Ему удалось. Он затормозил возле реки, повернулся на девяносто градусов и пошел по берегу не оглядываясь. Как будто обиделся. Получалось, нет в жизни счастья. И то, что кажется счастьем, — тоже облом.

Гарик и Инна вернулись на дачу. Захотелось горячего чаю.

Они поставили чайник и стали ждать, когда он закипит. Гарик посмотрел на часы. Сказал:

— Мне пора!

— Подожди... — взмолилась Инна.

— Да чего ждать, — отказался Гарик. — Что изменится?

Он оделся в прихожей. Взял свою сумку и пошел не оборачиваясь.

Инна выскочила на крыльцо. Схватила его за рукав.

— Ну что, что? — нетерпеливо спросил Гарик.

— Ты будешь видеться с Машей?

— Естественно. Там же моя дочь.

— Передай ей, что я сожалею. Я не смогу спокойно умереть. Я должна перед ней покаяться.

— Успокойся, ты здесь ни при чем.

— Как ни при чем? Если бы я не вклинилась, вы бы жили до сих пор. Ругались и жили. А я — как собака на сене. Ни себе ни людям.

— Видишь ли... Мы с Машей любили друг друга, как боги на Олимпе. Она была только моя, а я — только ее. До тех пор, пока мы не переехали в эту гребаную Москву. А здесь, в Москве, она увидела другие возможности, и я стал не нужен. Она отдалялась, а я ничего не мог сделать. Ты — это просто мое самоутверждение. Я хотел доказать себе, что я тоже не стебель от одуванчика. Хотел утвердиться в собственных глазах. Вот и все. Так что не парься, зяблик. Живи спокойно.

Инна долго молчала, потом убрала руку от его рукава. Зачем задерживать то, что не твое?

— Ну слава богу... — отозвалась Инна. — Снял грех с души...

Тогда что же было?

К забору подъехала легковая машина. Остановилась.

Гарик сел в нее и уехал.

Отход был подготовлен. Где-то его ждал запасной аэродром.

человеческий фактор

Заведующий хирургическим отделением Михаил Спица заступил на дежурство. С девяти утра на сутки.

Заведующий был молодой, тридцати двух лет, но он уже успел защититься. Его внешность совпадала с его фамилией — худой, как спица от колеса, близорукий, очки увеличивали глаза.

Принято видеть заведующего в возрасте. Молодость не вызывает доверия, и стремно доверять молодому свою единственную жизнь. Но у Миши руки росли откуда надо плюс интуиция, свойственная талантливым хирургам. Он любил свое дело, а дело любило его. У Михаила Спицы была хорошая репутация, и многие больные из города приезжали именно к нему в областную больницу.

День прошел спокойно, если не считать больную Кошкину, которая буквально задолбала Мишу своими вопросами, а именно: делать ей операцию или нет?

У Кошкиной была киста на почке. Томография намекала на присутствие раковых клеток, но подтвердить или исключить рак можно было только во время операции. Заочно сказать ничего нельзя.

— А если вы разрежете, а там рак? — интересовалась Кошкина.

— Значит, вырежем рак.

— А если ничего нет?

— Тогда зашьем.

— Вам легко сказать: разрежем, зашьем... А мне наркоз, страдания. Говорят, наркоз все мозги отшибает. Я и так уже ничего не помню.

— Из двух зол надо выбирать меньшее.

— Но после операции рак ускоряется. И есть даже такой термин: галопирующий.

— По-разному бывает. Но кисту надо убирать по-любому.

— Мне киста не мешает. Я ее не чувствую. Зачем ложиться под нож?

— Как хотите, — сдался Миша.

— Что значит «как хотите»? — возмутилась Кошкина. — Вы врач или не врач?

Михаил вздохнул. Он предпочитал иметь дело с простыми мужиками и ба-

бами. Они слепо доверяли врачу, не задавали вопросов, не брали в голову и быстрее выздоравливали. А Кошкина была кандидатом каких-то наук, продвинутая и неглупая. Отделаться от нее было практически невозможно.

К счастью, подошла практикантка Лида, молодая калмычка, похожая на японку. Она посмотрела на больную Кошкину.

Кошкина, с точки зрения Лиды, была не молодая и не красивая, лет пятидесяти. Все равно умирать. Десять лет туда, десять лет сюда... Но человек цепляется за жизнь истово. И лучше десять лет сюда. Для Кошкиной — лучше, а Лиде все равно.

— Не волнуйтесь, — сказала Лида дежурным голосом. — Все будет в порядке.

Кошкина с надеждой посмотрела на Лиду. Как ни странно, эти простые слова возымели терапевтическое воздействие. Иногда в неразрешимых проблемах бывают нужны совсем простые слова.

Кошкина кивнула головой и ушла.

— Сварить вам кофе? — спросила Лида у своего начальника. — У меня есть самса.

— А что это? — не понял Миша.

— Пирожки с бараниной.

— Я люблю с капустой.

— Калмык трава не ест...

Кошкина шла по коридору, размышляла: никаких гарантий ей никто не даст. Решать придется на авось: орел или решка.

Эти двое сейчас сварят кофе. Спица — молодой. Калмычка готова на все. Впереди — ночь. И какое им дело до Кошкиной? Эти больные ходят стадами изо дня в день, из года в год. У них своя правда, а у здоровых своя.

Кошкина завернула в туалет. Посмотрела на себя в зеркало. Отметила, что не похудела, значит, никакого рака нет. От рака становятся худыми и серыми, поскольку рак питается кислородом. А она — вполне цветущая, с нормальным мочеиспусканием, и нечего брать риск, бежать впереди паровоза.

Кошкина боялась умереть по нескольким причинам: во-первых, вдруг это больно? Ведь человек рождается в муках. Недаром он орет, когда выскакивает на белый свет. Значит, и умирает в муках, поскольку рождение и смерть — два конца одной палки.

Во-вторых: непонятно, что ТАМ? Может быть — ничего, темнота и холод. И все. А в-третьих, у нее была незамужняя дочь, и Кошкина не хотела, чтобы ее девочка, безмерно любимая, осталась сиротой.

И еще одна причина: в стране происходило так много интересного. Хотелось посмотреть, что будет дальше. Разлука с друзьями ее не волновала. Дружба, как оказалось, рассасывается со временем. Держится только кровное родство.

Что касается любви, то любовь — как затяжка папиросой. Когда-то вдыхала до самого сердца, все нутро было полно любовью. А потом — выдохнула, и дым постепенно рассеялся. И нет ничего. Только кашель. Отхаркиваешь вредные остатки.

У Кошкиной в наличии имелся гражданский муж, на шесть лет моложе. Ему она не оставит ничего. Ну, может быть, фирменный шарф.

Михаил собрался поспать сколько получится. У него в кабинете стоял диван из кожзаменителя, внутри его — обязательный комплект: простынь, подушка, байковое одеяло.

Миша расстелил и лег не раздеваясь, но сон не шел. Мешала Алиса, которая застряла в мозгах как сволочь.

Алиса — ресторанная певичка. Миша любил сидеть вечерами в ресторане. Ему нравилась атмосфера праздника, которая висела над каждым столиком и поднималась к потолку общим облаком. И Миша этим дышал. В ресторан можно прийти одному — и ничего. Все равно весело и тревожно в ожидании счастья, которое должно откуда-то появиться и подойти на мягких лапах.

Миша был неравнодушен к ресторанным певичкам. Это были красивые, немножко порочные, немножко продажные, немножко талантливые молодые женщины, непокорные и необъезженные, как дикие лошади.

Одна такая, по имени Алиса, выпотрошила всю душу. Миша ей нравился — худой, недокормленный, трогательный, как детдомовский ребенок, робкий, большеглазый очкарик с прозрачными серыми глазами, как у лемура. Миша нравился ей внешне и внутренне, но он был бедный. Врач. Весь вечер сидел в ресторане за столиком с одной бутылкой молдавского вина и с орешками. Зарплата — на одну поездку в Турцию. Машина — корейская, квартира — однокомнатная. Как это может нравиться? А нравилось — что? Его чувство. И то, как он целуется. Сердце замирает.

Миша мог бы иметь японскую машину и квартиру в кирпичном доме, но он не хотел брать деньги у родителей. Это был его принцип и жизненная позиция: не влезать в чужой карман, даже родительский.

Зазвонил телефон. Миша снял трубку. Звонили со скорой помощи. Сообщили, что везут больного в коме, упал с крыши пятиэтажного дома. Внутреннее кровотечение, надо готовить операционную. Подъедут через двадцать минут.

Миша позвонил на пост, отдал все распоряжения: подготовить операционную, собрать всю бригаду.

Через пятнадцать минут бригада стояла на месте: травматолог, реаниматолог, анестезиолог, медсестры.

Михаил мыл руки для операции, переодевался в стерильный халат, надевал перчатки.

Привезли больного. Семнадцать лет, почти подросток, — бледный, практически белый, значит, внутреннее кровотечение.

Подкатили рентгеновский аппарат. Так и есть: разрыв селезенки, надрыв печени, ушиб сердца, перелом ребер со смещением. Спинной мозг не задет, и это, конечно, счастье, но не в этом случае. Больной — не жилец, это очевидно, но живого в морг не повезешь.

Михаил сделал разрез.

Вся брюшина была залита кровью. Этого парня было бы правильнее разобрать на органы, на запасные части: сердце, почки... И отдать тем, кто годами стоит на очереди.

Михаил не смотрел в лицо больного — так легче. Воспринимал тело, как тело. Биологический материал.

Вырезал селезенку. Откачал кровь. Хотел вырезать надорванную почку — так короче, но передумал и зашил.

Работал без энтузиазма. Больной все равно погибнет, так что вся эта коллективная операция не что иное, как артель «Напрасный труд». Человек не кошка, он не приспособлен падать с такой высоты. Да и кошка не может.

Что он делал на крыше? Лунатик? Наркоман? Как говорила Алиса, «наркоша».

Подошел травматолог, стал восстанавливать ребра.

Михаил отошел. Ждал...

Бедный Наркоша. Говорят, они часто прыгают вниз с высоты. Им кажется: кто-то их позвал. А может, и позвал.

Алиса тоже употребляла порошок, но в меру. Миша пытался отобрать у нее дозу, он планировал совместную жизнь, совместных детей... А какие дети от наркоманки? Алиса говорила ему: «Попробуй». Миша не пробовал, он боялся, что будут дрожать руки, а руки ему нужны. Он не мог рисковать профессией. Они с Алисой яростно ссорились, только что не дрались. Мише надо было от нее все: ее тело, душа, ее время, мысли. Алиса экономила время, свои чувства, постоянно что-то недодавала.

Миша бесился. Он хотел о ней заботиться, варил ей супчики. Однажды в день ее рождения нашел куст сирени и обломал весь, до последней веточки. Привез ей целую машину. Она сказала: «Зачем? Завтра завянет». Тугие, лиловые, влажные гроздья — это был порыв, страсть, его любовь, сгусток божественной энергии. А она: «Завтра завянет…»

Травматолог закончил свою работу. У больного началась асистолия сердца. Монитор показывал непрерывную линию.

Сердце — это территория реаниматолога.

Врачи привыкли к тому, что больные умирают. Смерть входила в профессию. Но молодых особенно жалко. Что может быть дороже жизни? А она не пройдена даже наполовину. Кто виноват? Сам и виноват. Однако Наркоша — совсем юный, не ведает что творит.

Сердце завелось. Надолго ли? Михаил предвидел: после операции Наркошу отвезут в реанимацию, а потом — в морг. Он умрет, не выходя из комы, и это не самый плохой исход для него. Он ничего не будет чувствовать, а это лучше, чем страдать.

Михаил не мог забыть тугие душистые гроздья сирени и то, как они яростно ругались в тот день, лаялись, как псы. Плевались шаровыми молниями. Чего только не было сказано друг другу! После таких слов остается разбежаться в разные стороны, но они не разбежались. Наоборот. Сплелись. И как...

Миша знал, что страсть — это всего лишь выброс определенных гормонов и феромонов, но в такие минуты забываешь о физиологии. Всевышний дирижирует этой симфонией, а звезды выстраиваются в ноты на божественной партитуре.

Температура кипения страстей зашкаливала за сто градусов, а при такой температуре кровь закипает, человек не живет. Они с Алисой разбежались в конце концов, потом опять сошлись и продолжали мучить друг друга.

Он жестоко ревновал Алису. Она пела в ресторане, стоя перед маленьким оркестром, пританцовывала худыми ногами. Внешне походила на чертика, который выскочил из табакерки: маленькая, угловатая, черные волосы дыбом, блестят от геля, и глаза блестят, ноги тонкие, как костыли, локти острые. Минимум одежды, максимум наготы. И все это заряжено-перезаряжено сексуальной энергией. Она движется на своем подиуме, приплясывает, зажигает, ни на кого не похожа. Девочка из демонария. Больше такой нет. И не нужна никакая красавица. Все остальные рядом с ней — пресные, бесполые, лишние. Ходят, как привидения, неизвестно для чего.

Миша смотрел на Алису и мучился. Ему казалось, что все мужчины в зале хотят ее и жаждут и у всех в штанах — тяжесть, локомотив, рвущийся вперед. Алиса в свою очередь тоже прелюбодействует в сердце своем, отдается каждому.

У Миши рот становился сухим от ненависти. Он выговаривал Алисе, называл ее непотребными словами.

Алиса таращила на него накрашенные-перекрашенные глаза, не понимала, в чем она виновата, что она сделала не так.

Это была не любовь, а коррида. Миша — бык, Алиса — матадор, который машет красной тряпкой и всаживает в тело копья.

Так продолжалось три года. И закончилось тем, что Алиса нашла себе другого, с «мерседесом», и переехала в его особняк, который стоял на берегу озера. Другой был лысый, с пузом как у хряка и ртом как куриная жопа. И эту жопу она согласна была целовать. Ее дело.

— Можно зашивать, — сказал реаниматолог.

Михаил приблизился к больному. Хотел зашивать, но какой смысл? Эту техническую работу он вполне доверял старшей операционной сестре. Ее глаза над маской были умные и всепонимающие. Михаил посмотрел в ее глаза, послал сигнал. Она приняла и кивнула головой. Они чувствовали друг друга без слов.

Сестра принялась за свою работу.

Михаил вышел из операционной. Было пять часов утра. Можно еще поспать часа три.

Михаил переоделся и лег. О Наркоше старался не думать. Какой смысл? Обидно, конечно, когда жизнь прерывается так рано. Но вокруг столько несправедливости, что трудно бывает поверить в Бога. Куда он смотрит? А может быть, ему не до мелочей. Что такое один Наркоша? Пылинка. Сотрешь и не заметишь.

Михаил провалился в сон.

После ухода Алисы жизнь остановилась. Миша приходил в ресторан, чтобы не сидеть дома. Посещал места былых боев. Вместо Алисы пела другая певица. У нее были накачанные губы и рот — как ворота в ад. Голос — как иерихонская труба. Она пела без личного участия. Произносила слова, но думала о своем, возможно о хозяйственных нуждах. Например, о том, что кончилась туалетная бумага, и картошка тоже кончилась, и свеклы осталось пять штук.

Миша садился подальше от оркестра. Его обслуживала официантка Таня — тихая девушка, блондинка, все волосы назад, под заколочку.

У Тани было промытое личико, яркие синие глаза, тоже промытые, с голубыми белками. Посетители делали ей комплименты. Говорили: «Вы красивая».

Таня отвечала: «Я знаю», как будто ей сообщали день недели, например: «Сегодня вторник». А она отвечала: «Я знаю».

— Ты красивая, — сказал ей Миша. — Ты это знаешь?

— Конечно, — удивилась Таня.

— А почему ты работаешь официанткой?

— А кем?

— Иди в актрисы.

— А какая разница?

— То есть... — не понял Миша.

— Актриса и официантка — обслуга. Актриса обслуживает зрителя, официантка — посетителя, за их деньги. Театр и ресторан — это сфера обслуживания.

— Театр — это искусство, — возразил Миша.

— А питание — основа жизни. Человек состоит из того, что он ест. Разве нет?

Таню отозвали. Она не могла подолгу задерживаться возле одного клиента. У нее было пять столиков. Это называлось по-военному: позиция.

Таня жила с родителями в частном доме. У них был большой участок, который они засеивали картошкой, клубникой. В сезон продавали. Разводили кур и кроликов. Держали коз. Планировались свиньи. Таня питалась экологически чистой едой, пила хрустальную воду из своего колодца, и именно поэтому у нее был такой промытый цвет лица. Она была промыта изнутри. Ресторанную еду Таня игнорировала, поскольку не знала достоверно, откуда мясо, чем кормили коров и как их забивали.

Алиса пила, нюхала порошок, любила магазинные торты на маргарине и пальмовом масле, разрушала себя вдребезги. А Таня — сохраняла себя, собирала по капельке. Это было правильно, но скучно.

Алиса была тщеславна, хотела нравиться, хотела оставить след после себя. Она была тщеславна даже в сексе, поэтому не отвлекалась на предохранение и часто залетала. Для нее сделать аборт — как сходить к зубному врачу. Неприятно, но надо.

Тане была удобна работа в ресторане, поскольку ей перепадали ведра объедков для животных. Она каждый день уносила эти ведра. Вернее, увозила. Подъезжал на газике папаша-мент и ставил ведра в багажник.

Миша всегда садился за ее столик, привык. И она привыкла. И знала, что́ он любит и в каком порядке подавать. В ресторане шла своя мухлевка, и Таня оберегала Мишу от плохой еды: от пересоленного плова, от сомнительных люля-кебабов, от опасных паштетов и ото всего, что называется «человеческий фактор».

Мише понадобилось сделать генеральную уборку. Он обратился к Тане:

— У тебя нет кого-нибудь?

— Я могу прибрать.

— А ты умеешь? — проверил Миша.

— А что тут уметь?

Таня пришла на выходные и убирала целый день и половину ночи. Остальную половину они спали вместе, поскольку не было второго спального места.

Поразительная ночь любви. Таня как будто знала, что́ именно Мише надо и в каком порядке подавать. И Миша в свою очередь был свободен, ничего не боялся. Его не мучили сомнения: получится — не получится, понравится Тане секс в его исполнении или не понравится. Все получится, все понравится.

Миша и Таня стали жить вместе. Как-то так вышло само собой.

Таня приносила из дома свежие овощи, яйца, творог. Миша перестал быть спицей. Превратился в молодого мужчину с накачанным телом, плоским животом. Лицо стало гладким, промытым. Все замечали перемены.

Они вместе по вечерам смотрели телевизор, но вкусы были разные. Миша предпочитал спорт и новости, а Таня — сериалы и «Пусть говорят».

Таня не спорила с Мишей, просто купила второй телевизор и приспособила на кухне. Теперь они смотрели каждый свою программу. Разговаривали мало. Иногда за весь вечер ни одного слова. Это устраивало Мишу. Он уставал на работе, и ему хотелось помолчать. Хотелось уединения. Именно уединения, а не одиночества. Рядом за стеной — Таня, живая, теплая и красивая. И никакой ревности, никакой бесючки. Они вкусно ели, ласково спали, все было тепло, но не жарко, как лето в Прибалтике.

Однако в глубине души Миша чего-то ждал. Этот период покоя кончится, и настанет взрыв. Он мечтал о девушке — яркой, как Алиса, и целесообразной, как Татьяна. Если бы можно было их размешать в одной кастрюле, а потом перелить в банку, получилось бы то, что надо.

На работе — рутина. Люди болеют, болеют и тянутся к врачу нескончаемой рекой.

Миша набил руку и мог вырезать желчные пузыри и простаты с закрытыми глазами. Но это все неинтересно. У него была мечта: пересадить голову старого гения к молодому телу. И тогда гений может служить человечеству бесконечно.

Эта идея приходила людям, и были опыты по пересадке головы. Все — неудачные. Но какой смысл мечтать о неудаче? Хочется мечтать о победе и о салюте в твою честь.

Скорее всего, голову пересадить невозможно. Надо просто скачать мозги гения в молодую голову. Перепрограммировать. Просто, да непросто, но ведь это же мечта...

И конечно же мечталось о другой любви. Иметь жену-официантку удобно, но не престижно.

Можно снять Таню с работы, но ей надо кормить свиней. Помогать родителям. Папаша, бывший мент, людей не любил. И можно понять. Контингент, с которым он сталкивался, — человеческий мусор. Свиньи и те лучше. С ними все ясно. Сначала кормишь, потом ешь. А уголовники зачем?

Миша вернулся домой после дежурства, лег спать.

Таня была на работе, очень кстати. У Тани прослеживалась счастливая способность: присутствовать и отсутствовать удивительно вовремя. Нужна — вот она. Не нужна — ее нет. С Алисой все было наоборот. Она исчезала именно тогда, когда была необходима. И появлялась, когда было не до нее.

Миша проснулся во второй половине дня. Хотелось есть, и в это время возникла Таня. Она разделась в прихожей и сразу стала накрывать на стол. Обслуживать — ее дело.

На столе появилось жаркое из кролика, салат «Лето», наливка из черноплодной рябины.

— У тебя есть новости? — спросил Миша, усаживаясь за стол.

— Есть, — ответила Таня. — Я была у врача.

— Зачем?

Миша отправил кусок в рот и прикрыл глаза от удовольствия.

— Я беременна. Шесть недель. Ребенок родится в августе. Лев. Я придумала ему имя: Никанор. Тебе нравится?

Миша перестал жевать. Таня пристально смотрела в его лицо.

— Если ты не хочешь, не надо. Это будет мой ребенок. Я его заберу и уйду к родителям. Мы сделаем пристройку.

— Значит, где-то в пристройке будет бегать мой ребенок?

— Что ты хочешь? — не поняла Таня.

— Я хочу, чтобы ты сделала аборт.

— Нет.

— Почему?

— Потому что я его уже люблю. Мне его жалко.

— А меня тебе не жалко? Куда ребенка в однокомнатную квартиру? Бессонные ночи. Как я буду после этого оперировать?

— Просто ты не хочешь на мне жениться, — догадалась Таня.

— Не хочу.

Таня ушла на кухню. В духовке доходил пирог с черникой, надо было проследить, чтобы он не подгорел.

Миша в белом халате и шапочке шел по больничному коридору.

Больные топтались, как куры. Основной контингент — пенсионеры. Попадались и бомжи. Для них стационар — рай: индивидуальная кровать, чистое белье, еда три раза в день. Больничная еда для бомжа — ресторан «Максим». Но для нормального человека больничная еда — неприемлема. Приносили из дома. Родственники мотались с передачами.

Ребенок должен родиться в августе. Этот Никанор спихнет всех в яму бедности и сиди там, как крот. У крота нет глаз, но ему и не надо. Зачем под землей глаза? Навстречу Мише двигался Наркоша, держась за стенку. Живой. На своих ногах. Как это возможно?

Миша замер, как будто в него выстрелили. Наркоша поравнялся и сказал:

— Здравствуйте...

Миша кивнул и торопливо зашагал в кабинет. Сел на диван. Его трясло. Он вспомнил, как оперировал спустя рукава. Мог бы положить несостоятельный шов, человек бы умер. Миша зарезал бы живого человека. Это называется: непредумышленное убийство. За него дают срок. А Мише бы сошло с рук, никто бы не узнал. И главное — он сам бы не узнал. Так бы и жил: ходил в ресторан, трахал девок.

Миша достал бутылку виски. Хирургам несут бутыли, как в старые времена.

Миша выпил целый стакан. Горячая волна стала подниматься от ног к голове. Из памяти выплыла фраза: «Делай как должно, и будь что будет». Откуда она, эта фраза? Ее часто употреблял Лев Толстой, поэтому считается, что фраза принадлежит Льву Николаевичу. А этот афоризм — французская поговорка, своего рода инструкция к жизни. Если хочешь правильно пользоваться жизнью — делай как должно, и будь что будет.

Заглянула Кошкина. Спросила:

— Можно войти?

Миша промолчал. Не скажешь же «нельзя».

Кошкина вдвинулась в кабинет.

— Я хочу выписаться, — сказала она.

Миша пожал плечами.

— Будь что будет, — проговорила Кошкина. Если бы знать, что будет…

Через два месяца Наркошу выписали. Его мать принесла Мише торт, высотой в полтора метра. Такие торты делают на свадьбу специально на заказ.

Коробку с тортом втащили в ординаторскую.

— Лучше бы деньгами, — прокомментировала практикантка Лида. — У денег срок годности дольше и нести удобнее.

— Зато от души, — не согласилась кардиолог Инесса.

Деньги — слишком безымянная субстанция. А торт… Мать Наркоши ходила, выбирала, заказывала, платила последние денежки, вкладывала душу. И сейчас стояла в ординаторской, улыбалась смущенно. Дарить — это счастье. Она смотрела на хирурга Михаила Юрьевича счастливыми блестящими глазами. Он вернул ей сына. Он — практически Бог, и даже больше. Она хотела поцеловать его руку, но стеснялась.

Сняли коробку. Торт походил на высотное здание и оказался восхитительно свежим. Ели всем коллективом, а то, что осталось, разобрали домой. Кое-что перепало бомжам, и праздник стал всеобщим.

Таня рожала долго. Всю ночь. Нестерпимая боль накрывала ее и в самой высокой точке прерывалась кратковременным глубоким сном. Спала как убитая, потом нарастающая боль выдирала ее из сна. Таня кричала так, что поднимался потолок, и снова проваливалась в сон. Пытка на самом деле. Гестапо.

Но вот маленький человек пробился через узкие ходы. Вот он уже в руках акушерки. Девочка с прижмуренными глазками, выпуклым лобиком.

Таня увидела этот лобик и зарыдала. Боль забылась, как будто ее и не было. Таня плакала не от боли, а от ужаса, что этой девочки могло не быть. Нигде и никогда. А она есть. Вот она. Целая девочка, которая получила целую жизнь, полную любви.

За окном качалась ветка в каплях дождя.

маленькое одолжение

Знаменитый певец Николай Озерников уезжал на гастроли. Он шел по перрону вдоль поезда, в его руках была спортивная сумка.

Вокруг — народ: отъезжающие и провожающие. Певца узнают.

Две девушки остановились.

— Посмотри, это он?.. Скажите, пожалуйста, это вы?

— Это я, — согласился Николай.

— Спасибо вам большое.

— За что?

— За то, что вы — это вы.

— Не стоит благодарности.

— Еще как стоит. А вы женатый?

— Простите, я опаздываю…

Вагон № 13.

Возле вагона — проводница с пучком на макушке. Ее зовут Мила.

Рядом с Милой — костюмер Рая и администратор Тамара. Рая — златокудрая, наглая, а Тамара — маленькая, невидная, трогательная, похожая на школьницу-отличницу. Здесь же молодой рыжий музыкант с гитарой в чехле. Его зовут Дима. Возле Димы — его юная жена с кольцом в губе.

Николай подходит к вагону.

— Наконец-то! — восклицает Тамара. — Пришел все-таки!

— Ты так реагируешь, как будто он с войны пришел, а не из дома, — замечает Рая.

Озерников берет билет и проходит в вагон.

— Мне все время кажется, что он куда-то денется. Передумает, например, и не поедет, — объясняет Тамара.

— А жрать на что? Он пашет. Зарабатывает, как и все мы.

— Он не зарабатывает. Он так живет. Он поет, как птица. Птица ведь не зарабатывает.

Дима тихо переговаривается с женой.

— Говорил, что не поедешь по огородам, а сам... — упрекает Диму жена.

— А искусство в массы?

— Массы подождут. У тебя семья. Семья главнее.

— Главнее чего? — спрашивает Тамара.

— Главнее всего.

— Тогда не надо было связываться с артистом.

— При чем тут профессия, когда любовь?.. — не понимает жена.

— А если любовь — терпи, — советует Тамара.

Все проходят в купе. Жена Димы ставит на столик два свертка.

— Это тебе, — говорит она Диме. — А это — чтобы угощать. Смотри не перепутай…

— Лена… — стесняется Дима.

— Не «Лена», а у тебя язва.

«Просьба провожающих покинуть вагоны», — раздается распоряжение по динамику.

Все беспорядочно, торопливо целуются. Лена плачет.

— Перестань, — утешает Дима.

— Знаю я ваши гастроли. Трахаетесь друг с другом, как коты.

— У нас и кадров-то нету, — оправдывается Дима. — Не трахаться же с Тамарой.

— Это почему же? — обиделась Тамара.

— Ты порядочная, — выкручивается Дима. — И ты занята.

— Кем я занята?

— Ты же сохнешь по Озерникову.

— Но ведь это я сохну, а не он.

— Какая разница?

— Очень большая разница. Я сохну, а он нет.

— Но твое сердце все равно занято.

— И сердце, и мозги, и глаза. Только пипка свободна, — уточняет Тамара.

— Пипка у всех свободна, — замечает Рая. — И у замужних тоже.

Тамара и Рая входят в купе Озерникова.

— Ты где был? — спрашивает Тамара.

— Автографы давал.

— Собирал славу, а я тут как на углях.

— Издержки профессии. Народная любовь, — объясняет Николай.

— Если ты перестанешь петь, тебя забудут через два дня, — замечает Рая. — И побегут к другому, который поет.

— А почему я перестану петь?

— От старости. Или в тюрьму посадят.

— Вы зачем пришли? — спросил Озерников. — Сказать, что меня в тюрьму посадят?

Тамара кладет перед ним бумаги.

— Подпиши документы. Тут и тут.

Озерников подписывает.

— В Америке певец моего класса за такое турне миллионы получает. А я двадцать пять рублей, — замечает он.

— Скажи спасибо. Сикорский получает двенадцать рублей, — говорит Рая.

— Но мы что-нибудь придумаем, — обещает Тамара.

— А потом нас за жопу возьмут за приписки, — говорит Рая.

— Какая ты грубая, Рая! — упрекает Тамара. — Вся страна занимается приписками. В Тбилиси вообще подпольные заводы работают. И никого за жопу не берут. Нас обманывают. И мы обманываем. Все справедливо. Мы не рабы. Рабы не мы.

— Я устал, — говорит Николай. — Делайте что хотите. Я тебе доверяю, Тамара. Я вообще спокоен, когда ты за моей спиной.

Тамара озаряется тихой улыбкой. Она счастлива.

Рая выталкивает Тамару из купе и выходит вместе с ней.

Поезд вздрагивает, готовясь к движению, и в этот момент появляется не старый мужик. Он вполне интеллигентный, но опустившийся. Заметно и первое и второе.

— Фух! Здрасьте. Едва успел…

Озерников садится, достает из кармана шариковую ручку.

— На чем писать? — спросил он.

— Что? — не понял мужик.

— Автограф…

— Да нет. Зачем мне ваш автограф?

— А что вы хотите?

— Попросить о маленьком одолжении. Вы не могли бы передать вот это?.. — показывает пакет с коробкой.

— А почему я?

— Я дал телеграмму: вагон тринадцатый, место тринадцатое. И вот именно на этом месте оказались вы.

— Сначала бы меня спросили, а потом телеграмму посылали.

— Это же не трудно. Положите куда угодно, хоть на пол. Завтра утром поезд остановится, в купе войдет женщина. Это моя жена. Скажет вам: «Я Галина Митрофанова». Вы скажете: «Очень приятно» — и отдадите ей пакет.

Поезд дернулся сильнее. Мужик положил пакет под полку, метнулся к двери.

— Как ее зовут, вы сказали? — крикнул Николай.

— Галина Митрофанова!

Мужик соскочил с поезда.

За окном поплыли вагоны-цистерны. Потом пошел пригородный пейзаж.

Поезд набирал скорость. Шел, подрагивая на стыках рельс.

По коридору вагона движется усатый и пузатый пассажир со стаканом в железном подстаканнике.

— Да что же это такое? Кто-нибудь даст мне чаю? — громко возмущается пассажир.

Купе Тамары и Раи.

Они удобно расположились на полке, а напротив них сидят проводницы из соседних вагонов, и конечно же Мила — хозяйка тринадцатого вагона. У каждой в руке стакан с чаем.

Тамара предлагает им зефир в шоколаде. Девушки берут застенчиво.

Рая отвечает на интересующие вопросы.

— С утра — визит к первому секретарю обкома. Потом — встреча со студентами. Ответы на вопросы. Потом встреча с рабочими на заводе. Дальше телевидение, а вечером — концерт.

— А он умный? — спрашивает одна из проводниц.

— Кто? — не понимает Тамара.

— Первый секретарь.

— Наверное, — предполагает Тамара. — Номенклатурный чиновник. Там дураков не бывает.

— А почему про них анекдоты рассказывают?

— Завидуют. У них зарплата большая. Плюс взятки. Каждый бы так хотел.

— А я бы не хотела взятки. Это стыдно, — возразила Мила.

— Потому что тебе их не дают.

— А он женат? — спросила одна из проводниц.

— Кто? Первый секретарь?

— Да нет, Николай Озерников.

— Женат.

— А кто его жена?

— Аккомпаниатор. Они вместе в консерватории учились.

— Красивая?

— У нее такое лицо, как будто в него кто-то пернул, — говорит Рая.

— Это как? — не понимает проводница.

— Ну, противное... Зубы крупные, одинаковые, как клавиши у пианино. Декольте носит до сосков. Выкатит свои сиськи, мужиков привлекает.

— Зачем? У нее же есть.

— Мужиков много не бывает, — говорит Рая.

— Вы ее не любите? Почему?

— А за что мне ее любить? Он приехал из глухой провинции, такой чистый, незамутненный, как ангел, а она поймала его, накрыла, как сачком. Он и попался.

— Влюбился?

— Да нет. Просто они сидели рядом, она положила ему руку на пенис.

— Рая, перестань, — одернула Тамара.

— Куда? — не поняла Мила.

— Куда надо.

— А ты откуда знаешь? — спросила Тамара.

— Рассказывали.

— А дальше? — поторопила Мила.

— А дальше все закрутилось. Он застенчивый был, Коля. И занятый очень. Ему некогда было ухаживать. А тут само в руки идет. Ну и поженились.

— Молодец, — сказала Мила. — Проявила личное участие. Как жена скульптора Конёнкова. Она зацепила знаете кого? Эйнштейна.

— Альберта Эйнштейна?

— Ну да. Сама дала ему знак.

— Какой?

— Не знаю какой, но Эйнштейн ее полюбил. В этот период у него умерла родная жена, так он даже не заметил. Сказал: «Похороните» — и все дела.

— Сволочь, — заметила Рая. — Все гении сволочи.

— Вовсе нет, — вступилась Тамара. — Все гении — дети. Наш Николай — абсолютный ребенок. Доверчивый, как будто вчера родился.

— Какой он, на фиг, гений? — возразила Рая. — Просто певец, и все. Горло со свистком.

— Гений... — не согласилась Тамара. — И красавец... У него глаза как у коня. Добрые и все понимают. И пахнет он розами и дождем.

— Конь? — уточнила Мила.

— Николай.

— А чем пахнет дождь?

— Космосом. Свежестью. Вечностью. Я бы легла на него и вдыхала. И больше ничего не надо.

— Вы его любите? — догадалась Мила.

— Давно. Еще с консерватории. Я училась там на дирижерско-хоровом.

— А почему вы администратор?

— Чтобы быть рядом. Его же все обманут и кинут. Администраторы — шакалы. А он — доверчивый, как дитя.

— А почему вы не вышли за него замуж?

— Он меня не замечал.

— А вы бы положили ему руку на пенис… — сказала Мила.

— Это не мой путь…

— А как вы сейчас живете? У вас есть семья?

— Ничего у нее нет, — сказала Рая. — И не будет.

— Почему это? — спросила Мила.

— Когда долго смотришь на солнце, то потом ничего вокруг себя не видишь. Вот и я. Никого вокруг себя не вижу.

— Обидно, — сказала Мила.

— Так всегда, — заметила вторая проводница. — Все порядочные живут плохо. Хорошо живут только акулы. У них три ряда зубов.

— Всё! — объявила Мила. — Завтра приду к Сашке в общежитие и положу ему руку на пенис!

— Он протрезвеет и не вспомнит, — заметила третья проводница.

— А все-таки любить — это хорошо, — сказала вторая проводница. — Лучше, чем ничего.

— У меня знаете какая мечта? — спросила Тамара. — Постареть. Постарею, и будет все равно. Старость всех уравнивает. Все старики одинаковые. Что Эйнштейн, что дядя Вася.

— Ерунда. Все старики разные, — с уверенностью сказала Мила. — Надо уметь ждать. Энергия ожидания притянет. Вот откроется дверь, и он войдет.

Открылась дверь, и возникла рожа усатого и пузатого.

— Мать вашу за ногу! — изрек усатый пассажир.

— И вашу тоже! — отозвалась Рая.

Поезд несется в ночи.

В купе Николая Озерникова входит человек в железнодорожной форме. В его руках бутылка коньяка.

— Я начальник поезда, — представился он. — Я на минуту.

— Если можно, покороче. У меня завтра трудный день.

— Понял. Это так... чисто символически. Для знакомства.

Круг солнца туго выстреливает из-за горизонта. Край неба освещается.

Стук колес. Раннее утро.

— На чем же я остановился? — спрашивает начальник поезда.

— На том, что вы протянули руку и она упала, — устало подсказывает Николай.

— Я дернул за тормоз. Поезд остановился. Смотрю, она стоит. Не затянуло под колеса. Стоит, вся целая, даже не перепугалась. Не успела, что ли… А может, шок… А я за минуту поседел. Вот смотрите…

Николай заснул сидя.

Начальник поезда тронул его за плечо.

— Теперь нет смысла спать. Скоро приедем.

Вокзал. Поезд прибывает к платформе и останавливается.

Группа встречающих. Здесь представители города. Обязательная в таких случаях активистка среднего возраста с начесом на голове.

Из вагона вываливаются молодые музыканты с инструментами.

— Мальчики, в сторону, — тихо просит Тамара. — Не дышите на руководство. Хоть бы жвачками зажевали… — Тамара оборачивается к встречающим: — Здравствуйте, очень приятно…

Но встречающие ждут не Тамару. Они смотрят на выход, ожидая звезду.

Николай неподвижно сидит в купе, смотрит на пакет, который он переложил на столик.

Тамара решительно входит в купе.

— Коля! Ты заснул?

— Я человека жду.

— А там что, не люди?

— Должна прийти Галина Митрофанова.

— А где она?

— Не знаю. Опаздывает, наверное…

— Может, она вообще не придет. Ты так и будешь сидеть? Им надо — пусть сами тебя ищут.

Озерников смотрит на часы, берет пакет, свою сумку. Выходит из вагона.

Ему вручают каравай с солонкой наверху, протягивают цветы.

У Николая обе руки заняты.

Тамара принимает подношения. Передает каравай музыкантам. Те его мгновенно разрывают, как волчата.

Автобус едет по городу.

Висят растяжки: «Николай Озерников — 84». Восемьдесят четвертый год. Канун перестройки.

Николай сидит возле Тамары. Кемарит, привалившись к ее плечу. Тамара застыла, боится пошевелиться. Николай дышит ей в шею. Счастье.

Автобус останавливается возле внушительного здания. Это обком.

Все выходят.

Тамара нежно будит Николая. Он просыпается. Какое-то время не понимает: где он? Что происходит? Видит коробку у себя на коленях.

— А с этим что делать? — смотрит на Тамару.

— Потом, — отмахивается Тамара.

Кабинет первого секретаря.

Первый секретарь — представительный холеный человек в голубой рубашке под галстук, говорит приветственные дежурные слова, которые никому не нужны — ни артистам, ни ему самому.

Все сидят вокруг пустого стола и пережидают обязательную процедуру.

Далее первый секретарь передает слово активистке. Активистка, вскочив на коротенькие ножки, одернув пиджачок на широких бедрах, принялась бодро тараторить о положении дел в области. Голос у нее пронзительный, задорный, чувствуется, что она сама себе очень нравится. Но это и все. Больше она не нравится никому. Особенно Рае.

— Как ты думаешь, она живет с начальником? — спрашивает Рая у Николая.

Но Николай спит, уронив голову на грудь.

До его слуха доносится: «Фуражная корова, фуражная корова...»

Рая толкает его локтем в бок.

— А? — подхватился Николай.

— Ты храпишь, неудобно, — шепотом сказала Рая.

Николай проснулся. Посидел какое-то время. Потом спросил громко:

— А что такое фуражная корова?

Он хотел показать свое участие в процессе. Дескать, он не спал, а внимательно слушал.

Активистка замолчала. Оглянулась на первого секретаря. Но и первый секретарь не знал, что ответить.

— Фураж — это французское слово! — выкрикнул Дима. — Означает корм.

— Сухой корм, — уточнил первый секретарь.

Честь города была спасена. Активистка затараторила дальше.

— А что с этим делать? — тихо спросил Николай у Тамары.

— Давай посмотрим…

Тамара взяла коробку. Раскрыла. Это был набор оловянных солдатиков.

— Командир и девятнадцать бойцов, — прочитала Тамара.

Командир выпал из коробки на пол.

— Осторожно! — вскрикнул Николай.

— Подумаешь, бриллианты… Командир и девятнадцать бойцов. Стоит три шестьдесят.

— А где я теперь найду эту Галину Митрофанову?.. — задумался Николай.

— Выкинь, да и все. Что ты будешь с ней таскаться?

Аншлаг. Зал переполнен.

Николай у микрофона. Он поет очень красивую песню, посылает в зал свой талант, свою мощную энергетику.

Зал внемлет и заряжается, как аккумулятор. А Николай в свою очередь заряжается от зала.

За кулисами Тамара смотрит не отрываясь.

— Попридержи глаза, — советует Рая. — А то они у тебя на кофту выпадут.

Тамара не реагирует.

Люди шутят над ее чувством. Для них — это повод повеселиться. А что бы она хотела? Чтобы все зарыдали вместе с ней?

Концерт окончился. К сцене несут цветы. Николай принимает их. Кланяется, глядя в зал. Его лицо не выражает никаких эмоций. Он выложился до дна. Устал.

Оловянные солдатики выстроились в два ряда. Начинают маршировать. Перестраиваются в марши.

Николай Озерников сидит в гостиничном номере, играет в оловянных солдатиков.

За окном сумерки. Ночь. Звонит телефон. Николай не подходит. Он занят. У него девятнадцать солдат и один командир.

Телефон звонит, надрывается. Николай не реагирует.

Солдаты смыкаются плотным строем, потом делятся на квадраты.

Как это называется? Кажется, маневры.

Солдатам не страшно. Они — винтики в военной машине. А может, и страшно, ведь они люди...

Телестудия. Голос режиссера: «Внимание! Запись!»

Телеведущая:

— Николай Петрович! Расскажите, пожалуйста, о себе. Как вы начали?

— Я начал с того, что родился. Как все, в общем.

— Ну да... Кто были ваши родители?

— Отец — военный, мама — домохозяйка.

— Они тоже пели?

— Пели, когда выпьют.

— А откуда же у вас такие способности?

— Положили.

— Кто?

— Сверху. — Николай поднял палец к потолку.

— А почему положили именно вам?

— Случайность.

— Вы в это верите?

— Во что? — не понял Николай.

— В случайность.

— Ну конечно. Я сам — случайность. Мог бы не быть. А мог быть другой. Хромосомы сложились бы по-другому, и все.

— Вам нравится ваша жизнь?

— Не всегда.

— Вы хотели бы что-то изменить?

— Нет. Я не люблю менять.

— Почему?

— Я ленивый.

— Все мужчины такие, — вздохнула телеведущая. — Вы боитесь старости?

— Я о ней не думаю.

— Почему?

— Какой смысл думать о том, что от тебя не зависит? Я же не могу остановить время. Но я подозреваю, в старости ничего не изменится. Буду петь, как Шарль Азнавур. Вот он старый, сухой как деревяшка, а поет замечательно.

— Скажите, а есть поступки, за которые вам стыдно?

— Есть.

— Какие?

— Я вам после передачи расскажу. Выпьем по чашечке кофе, и я вам расскажу…

Номер гостиницы. В номере Озерников, Тамара и Рая. Телевизор включен. Все сидят и смотрят.

«Я вам после передачи расскажу…»

— Дура, — сказала Рая.

— Вовсе не дура, — возразила Тамара. — Они все вытягивают жареные подробности. Это же интересно…

«Вы родились в Москве?» — продолжает телеведущая. «Нет. Я родился в поселке. У нас был деревянный дом из круглых бревен. Я все лето ходил босиком. У нас были куры и петух, который будил меня по утрам. Я завязывал ему клюв… А сейчас я живу в Москве, на двенадцатом этаже. У нас балкон не застеклен, на балконе собираются голуби со всего Юго-Запада. Там у них общественная уборная, гостиница и роддом. Вьются гнезда, вылупляются птенцы. Выйти невозможно». — «Почему?» — «Отходы жизнедеятельности». — «В каком смысле?» — «В смысле птичьего помета. Утопаешь по щиколотки». — «Об этом не надо, — останавливает телеведущая. — Скажите, пожалуйста, как вы начали петь?» — «Я не начинал петь. Я пел всегда. Я не помню, когда я не пел». — «А если бы вы не были певцом, кем бы вы были?» — «Неудачником». — «А как вы относитесь к своей славе?»

Николай поднимается с кресла, переключает телевизор.

— Зачем? — вскрикивает Тамара. — Интересно же было.

На экране возникает лицо Черненко. Он что-то говорит задыхаясь.

— С ума сойти, — реагирует Рая. — И это глава государства? Кадровик! У нас в отделе кадров такой сидел.

— Может быть, он хороший человек, — заступается Тамара.

— Может, и хороший, но его стыдно капиталистам показать. Посмотри на американцев: Кеннеди, Рейган — красавцы. Фигура, костюмчик, любо-дорого смотреть... А этому жить осталось три понедельника. Неужели молодого нельзя найти?

— Молодой — опасно, — говорит Тамара. — Не знаешь, что ждать.

Озерников выключает телевизор.

— Хотите супчику? — спросила Тамара.

— Хотим, — ответила Рая.

Тамара выходит и возвращается с кастрюлькой.

— А где ты его взяла? — удивляется Николай.

— В номере сварила. На плитке.

Разливает суп по фужерам, поскольку другой посуды нет.

— Гороховый... — отмечает Николай. — Мой любимый.

— Я знаю, — говорит Тамара.

Тамара заваривает себе кофе.

— А тебе супчик? — спрашивает Рая.

— Я не хочу.

— Перестань. Тут еще на два фужера.

— Коле больше останется, — великодушно отказывается Тамара.

— Ты ангел, — вздыхает Николай.

Едят молча.

Рая смотрит на часы:

— Автобус ждет внизу. Экскурсия по городу. Говорят, здесь потрясающий монастырь...

Автобус движется по городу. Город — старый, низкий, уютный. Как будто проваливаешься в глубокое прошлое. Экскурсовод рассказывает о достопримечательностях.

Рая и Тамара сидят рядом.

— Ты слышала? Он сказал, что я ангел, — шепотом поделилась Тамара.

— Ничего хорошего, — прокомментировала Рая.

— Почему это?

— Потому что ангелов не трахают. Трахают простых баб.

— Злая ты, Райка.

— Я не злая. Я реальная. На земле стою. А ты в облаках витаешь. Замуж тебе надо. Родить успеть. А ты время пропустишь и останешься как яловая корова.

— А яловая — это как?

— Без теленочка. Без смысла.

— Для меня смысл — любовь.

— Когда у бабы после сорока нет детей, в доме появляются привидения.

— Выйду замуж за привидение, — говорит Тамара. — Ты ведь живешь с привидением.

— У меня от него сын. От сына будут внуки. А это уже вполне реальные люди. Живые и теплые. Их можно пощупать.

Рая смотрит в окно. На ее лицо наплывают тучи.

— Вредная ты, Томка! Любишь совать палец в раскаленную рану.

Рая встает и пересаживается на заднее сиденье, где расположился рыжий музыкант Дима. Рая опускает свою руку вниз, находит руку Димы, перебирает его пальцы. Поступок смелый, но бывают еще более смелые поступки, как мы знаем.

Дима не смущен. Скорее обрадован. Он смотрит на Раю, на ее огненные кудри, спелые губы — как это может не нравиться? Рая старше на десять лет. Диме двадцать пять, ей — тридцать пять, но в обоих случаях это возраст любви и пора цветения.

— Я вообще-то жене не изменяю, — предупреждает Дима.

— А ты не изменяй...

Познать прелесть молодых тел — разве это измена? Вовсе нет. Это просто оргазм, к которому стремится все живое.

Диму долго уговаривать не надо. В конце концов, такая точка зрения тоже имеет место. Надо уважать чужое мнение.

Центр города. Солнечный день. Красная растяжка с именем Озерникова.

Под растяжкой — киоск горсправки. Внутри киоска — интеллигентная женщина средних лет. Около киоска — Николай с коробкой в руках.

— А отчество? — спрашивает работница горсправки.

— Отчество я не знаю.

— А год рождения?

— Тоже не знаю.

— Ну хотя бы приблизительно...

— Не представляю. Я ее не видел никогда.

Пауза.

— Ну вообще-то мы в таких случаях справок не даем.

Озерников молчит.

— Но для вас я попробую...

— Спасибо.

Работница киоска ищет. Николай ждет.

— Вот здесь три Галины Митрофановы. Которая ваша — найдете сами.

— Да я не знаю, которая моя.

— Мой вам совет: на молодость и красоту не льститесь. Красота быстро проходит. Смотрите, чтобы добрая была. Доброта — это вечно.

— Да не надо мне ничего. У меня уже все есть.

— Значит, вы счастливый…

Гостиница. Номер Тамары и Раи.

Тамара варит новый суп. Рая беспокойно смотрит на часы.

— Грибной хорошо с перловкой, — говорит Рая, — а у тебя рис.

— У меня нет перловки, — объясняет Тамара.

— Тут рядом в магазинчике очень хорошая перловка. А в центре на базаре бабки сухие грибы продают. Буквально даром. Грибы — супер. Белые, чистые… Может, сходишь?

Входит музыкант Дима.

— Привет, — здоровается он. Заговорщически переглядывается с Раей.

— И еще там бабки продают шерстяные носочки. Чистая шерсть. Купи мне две пары.

Тамара понимающе смотрит на Раю. Она понимает, но не одобряет эту сладкую парочку. Демонстративно выключает суп и выходит из номера.

Рая и Дима не верят своей удаче. Как мало надо человеку для счастья: свободное помещение плюс страсть.

Молодые приступают к делу, но Тамара неожиданно возвращается в номер. Подходит к плитке, включает свой суп.

Рая вопросительно смотрит на подругу.

— Грибы кончились, — сухо говорит Тамара.

— А носки?

— Носки в среду привезут, — врет Тамара.

Дима растерянно смотрит на Раю. Рая разводит руки в стороны.

Ничего не поделаешь. Такова се ля ви.

Лестничная площадка многоквартирного блочного дома.

Николай звонит в дверь.

— Кто там? — спрашивает женский голос.

— Мне нужна Галина Митрофанова.

— А вы кто?

— Вы меня не знаете.

— Незнакомым не открываю.

— Да не убью же я вас.

— Откуда я знаю?

— Я вам посылку принес.

— Мне?

— А может, и не вам.

— Положите под дверь. Вы уйдете, я возьму.

— А если это чужая посылка?

— Тогда зачем вы мне ее принесли? Вы что-то темните, голубчик.

Николаю надоел этот диалог. Он повернулся и пошел вниз по лестнице.

Раздался скрип открываемых замков. Дверь раскрылась.

В проеме двери нарисовалась тетка, широкая как танк, с мелкими глазами.

— Подождите! — крикнула она.

Николай вернулся.

— Вы из ОБХС? — спросила тетка.

— Нет. Я артист. Николай Озерников.

— Документы, — потребовала тетка.

Николай достал паспорт. Тетка тщательно изучила. Потом разрешила:

— Проходите.

Николай прошел в комнату. Обомлел. Вокруг — буквально сокровища Али-Бабы: ковры, хрусталь, импортная техника и вдобавок огромная собака с розовой пастью. Она показала Николаю клыки.

— Сиди! — велела хозяйка.

Николай сел.

— Я не вам. Я ему. — Хозяйка указала на собаку. — Характер непредсказуемый. Может спокойно сидеть, а потом — раз, и ногу откусит, как крокодил.

Николай сунул ноги под стул.

— Вам ковер? — уточнила хозяйка.

— Нет. Спасибо.

— Почему не хочешь?

— У меня есть.

— Будут два.

— Не надо. Ковры пыль собирают, а я легкие берегу.

— А зачем пришел?

— Вам передали посылку.

— Кто передал?

— Ваш муж из Москвы.

— Мой муж в больнице.

— Тогда я пойду. Извините.

Николай попытался встать, но собака подошла к двери и легла.

— Без меня не выйдешь. Другие собаки лают как дуры, а моя — молча. Умный зверь. Это волкопес. Скрещенная с волком. Редкая порода.

Николай с опаской глядит на зверя.

— У меня подругу вот сейчас посадили ни за что. Тоже подослали артиста вроде тебя. Она и поверила. А у нее двое детей дома без присмотра. Их должны в детский дом определить. А детский дом для детей — это что тюрьма для взрослых. Андропов шороху навел, делать ему нечего, царствие ему небесное. А за что они нас преследуют? За то, что мы государству помогаем? Почему человек не может за свои деньги спокойно купить себе ковер? Потому что система распределения. Распределяют: кому дать ковер, а кому — нет. А сами воруют все подряд. У меня сын — золотые мозги, а рядом с ним работает тупня. А получают одинаково. Какой смысл моему сыну стараться?

— Тупня — это фамилия? — спросил Николай.

— Тупня — это качество. Тупой и ленивый. А получается — все под одну гребенку:

и умный и дурак. И называется это «развитой социализм». Кто его придумал?

Николай молчит.

— Думаешь, я поверила, что ты артист?

— Артист.

— Известный?

— Известный.

— А Пугачеву знаешь?

— Знаю.

— А муж у нее кто?

— Не помню, мужик какой-то.

— А моему мужу завтра операцию делать должны. У него непроходимость. Хирург Савкин. Я ему видеомагнитофон подарила, думаю, он постарается.

— Конечно, постарается, — согласился Николай, с опаской глядя на собаку.

— Слушай, позвони ему.

— Кому?

— Савкину. Скажи, что ты наш друг. Он тогда испугается.

— Чего испугается?

— Того, что ему жопу надерут за моего мужа.

Тетка берет телефон, набирает номер. Сует трубку Николаю.

— Здравствуйте, — растерянно здоровается Николай.

— Кто это? — спрашивает Савкин.

— Это артист Николай Озерников. Я на гастролях в вашем городе.

— И чего?

— Я хотел бы пригласить вас сегодня вечером на концерт.

— На хер мне ваш концерт? У меня завтра две плановые операции. Все?

— Нет. Я хотел узнать насчет больного…

— Митрофанова, — подсказывает хозяйка.

— Митрофанова, — повторяет Николай.

— Так я и знал. Это вас его жена подослала? Она нас уже затрахала: подсылает генералов, космонавтов, теперь артистов. Скоро короля Иордании заставит звонить. Мало нам ее мужа… Знаете, что такое устранять непроходимость? Говна нанюхаешься до обморока. Я сделаю операцию так, как я умею, не хуже и не лучше.

Савкин бросил трубку. Затикали гудки. Николай отдал трубку хозяйке.

— Что он сказал?

— Сказал, что все будет хорошо. Операция не сложная… Очень грубый человек.

— Хирурги, они все грубые, мясники.

Помолчали.

— Знаете, я недоверчивая, — поделилась тетка. — Я сама обманываю. Специфика работы. Поэтому я думаю, что и другие обманывают. Думаешь, я поверила, что ты артист?

— Артист. Певец.

— Тогда спой.

Хозяйка выходит из комнаты и возвращается с гитарой. Протягивает.

— Настроения нет, — отказывается Николай.

— А ты без настроения.

— Спойте лучше вы, — предлагает Николай.

Хозяйка берет гитару и начинает петь, неожиданно хорошо. Собака поднимает морду и воет.

Хозяйка перестает петь. Плачет.

— Все можно поправить, — сочувствует Николай. — И муж выйдет из больницы, и подруга отсидит и вернется, и сын уедет в Америку. У них там для умных — Силиконовая долина.

— Хочешь, видак подарю? — предложила хозяйка.

— Не надо. У меня есть.

— Скажи честно, зачем приходил?

— Я перепутал.

— Вот. Зайдет хороший человек, только если перепутает. Заходи еще.

— Не обещаю.

— Противно живу, — поделилась хозяйка.

— Приберитесь, — посоветовал Николай.

— Стимула нет.

— А вы без стимула. Это же не комната. Это склад.

— Может, мебель переставим?

— Уберите собаку, — просит Николай.

— Она не помешает. Она реагирует на мою интонацию. Пес — как компьютер.

— А как его зовут?

— Бобик.

— Ничего себе Бобик, таких собак зовут Рекс или Ральф.

— Вот этот холодильник давай подвинем в угол, — предлагает хозяйка. — Это японский. «Шарп».

Николай подошел к высокому пеналу в картонной упаковке. Стал его толкать. На холодильнике раскачивается чугунный бюст орла. Хозяйка испуганно вскрикивает, но поздно. Орел падает на голову Николая всей своей чугунной тяжестью. Бобик реагирует на голос хозяйки, вскакивает со своего места и как снаряд летит на гостя.

Николай успевает закрыть лицо. Крики, свалка, лай. Соседи сверху стучат по батарее.

Николай переходит площадь.

Одежда свисает с него лентами. Бровь рассечена. Люди оборачиваются вслед: что за чучело огородное?

Начинается проливной дождь. Николай мгновенно промокает.

Из гостиницы выскакивает Тамара с зонтом.

— Тебя что, собаки рвали? — пугается Тамара.

— Волк.

— А где ты его встретил, в зоопарке?

— У Галины Митрофановой.

— Какая еще Галина?

— Я ей посылку передавал.

— Я не понимаю, ты что — почтальон, посылки разносить?

— Когда я был маленький, я мечтал как раз о таких солдатиках. А мама не покупала, боялась, что я глаз выколю. А я так хотел... Больше я уже никогда и ничего так не хотел.

Номер Николая.

Рая роется в пакете с лекарствами. Звонит телефон. Рая снимает трубку:

— Девушка! Я же сказала: он в районе. Встречается с тружениками села. И перестаньте трезвонить. Я вас узнала. Да... Пожалуйста...

Николай лежит на кровати. Рая подходит с пузырьком и ватой. Обрабатывает рану. Звонит телефон. Рая снимает трубку:

— Девушка, вы стоите гораздо большего, чем путаться под ногами чужой жизни, как драная кошка. Пожалуйста, не стоит благодарности.

— Очень грубо, — замечает Николай.

— Для ее же пользы.

— А может, это моя мечта звонит.

— Мечта не навязывается, — замечает Тамара.

Входит молодой музыкант Дима.

— Можно попросить кипятильник? — спрашивает Дима. Видит Николая с пластырем на лбу. — Это как понимать? — удивляется Дима.

— Так. Все вон! — распоряжается Тамара.

Дима и Рая выходят.

— Ну почему вон? — огорчается Николай. — Не уходите. Не надо меня оставлять.

— Тебе надо побыть одному. Успокоиться. Ты пережил схватку с хищным зверем. Тебе волк мог шею перекусить.

— Ну и что? Это же моя шея.

— Ошибаешься. Это наша шея.

Тамара укрывает Николая одеялом. Подтыкает дырочки. Садится возле Озерникова. Смотрит на него. Николай закрывает глаза.

Барабанная дробь. Под барабан маршируют оловянные солдатики. Они идут слаженно и красиво. Барабаны стучат, набирая силу.

— Коля! Вставай! Машина внизу. Через двадцать минут концерт.

— Я не могу.

— Почему?

— Умираю.

— Выступишь, а потом умирай сколько хочешь. Все билеты проданы. Нельзя отменить.

Тамара прислоняется своей щекой к лицу Озерникова.

— У него действительно жар, — пугается она. — Простудился под дождем.

— Ситуация безвыходная. Коля, вставай! — приказывает Рая.

— Я болен. Я упаду на сцене.

— Песня поднимет. Песня вылечит.

— Я не могу, — стонет Николай. — А если бы я действительно умер?

Зал аплодирует.

Николай стоит в кулисах с цветком в петлице. Рая сует ему под нос ватку с нашатырем. Николай мотает головой. Потом концентрируется. Энергично выходит на сцену.

Зал восторженно аплодирует.

Группа музыкантов играет вступление.

Николай начинает петь ритмичную песню, пританцовывает. Заводится сам и заводит зал. В зале тоже начинают двигаться — сидя и стоя. Молодые ребята и девушки танцуют перед сценой. Некуда девать энергию. Буквально праздник. От болезни Николая не осталось и следа.

Рая в кулисах не может удержаться и тоже красиво движется, поводя руками и бедрами.

— Ну вот, я же говорила! — замечает Рая.

— Это потому, что у него талант сильнее, чем плоть. Этим отличается художник от остальных, — объясняет Тамара.

— Тома, Тома, все это слова, слова... Слов много знаешь. Так и будешь всю жизнь разговаривать.

— Буду.

— А жить когда?

— А я живу. «И душа моя, как парус, вся наполнена тобой»...

— Он всем нужен, — замечает Рая. — Такого попробуй ухвати. А если даже ухватишь — попробуй удержи. Хороша Маша, да не наша. Вот у меня муж — инженер, на фабрике работает. Никто его не знает. Никто в дом не звонит. Никому он не нужен. Мой. И все. А я — его. Скучно, конечно. Но за покой надо платить.

— Нет. Лучше горькое счастье, чем серая, унылая жизнь, — возражает Тамара.

Аплодисменты. Восторженные поклонницы бегут с букетами. Бросают их на сцену.

Николай с коробкой стоит на лестничной клетке. Звонит.

Дверь мгновенно распахивается. В дверях — молодой краснорожий мужик. Враждебно смотрит на Николая.

— Пришел? — уточняет мужик.

Николай растерянно молчит.

— Чего молчишь? Язык в жопу утянуло?

— Ну, пришел, — соглашается Николай.

— Что хочешь?

— Галину Митрофанову.

Мужик выкидывает кулак, бьет Николая в нос.

— А вот это не хочешь?

Николай закрывает лицо. Сквозь пальцы течет кровь.

Выскакивает Галина — женщина с формами, бюст примерно девятого размера. Глубокое декольте демонстрирует все это богатство. Большие глаза, ямочки на щеках — само очарование.

Она смотрит на Николая.

— Это же Озерников, — узнает Галина. — У него гастроли в Доме культуры.

— А ты откуда знаешь? — подозрительно спрашивает мужик.

— Его все знают.

Мужик в ярости толкает Николая. Тот падает на лестничный кафель.

— Что ты делаешь? — пугается Галина. — Ты его искалечишь. Тебя посадят.

— Очень хорошо. Пусть будет суд. На суде я скажу: я бросил все — свой город, своих друзей, родителей, хорошую работу, приехал в эту дыру. Ради кого? Ради тебя. А чем ты меня отблагодарила? Прелюбодеянием!

— Каким деянием, Ваня?

— А таким. Как только я ухожу в рейс, к тебе мужики ходят. А вот сегодня я решил проверить: сказать тебе, что уезжаю в рейс, а сам остался дома. Хотел посмотреть, кто к тебе явится. Вот. Явился. Артист, не хухры-мухры.

Галина помогла Николаю подняться.

— Ты зачем пришел? — надвинулся мужик.

— Посылку принес.

— Какую еще посылку?

— Муж передал. В Москве.

— Я — муж. И я не в Москве. Так что не получилось. Придумай что-нибудь получше.

Он занес кулак, но Николай перехватил руку. Начинается драка. Николай ловким приемом повалил мужика и наступил на него ногой, как победитель.

— Ты, козел! Если тебе жена изменяет, подумай, что в тебе не так, — посоветовал Николай.

— Кто изменяет? — возмутилась Галина. — Кто козел? Сами вы козел! Если вы думаете, что вы артист, а Ваня простой дальнобойщик, то вам все можно?

— А кто первый начал?

— Вы сами пришли и сами хулиганите в чужом доме.

Озерников плюет в пол, поворачивается и уходит.

— А где посылка? — орет вслед Галина.

Николай идет не оборачиваясь.

— Врет он все, — мрачно говорит Иван, поднимаясь. — И ты все врешь!

Хватает жену за волосы и тащит в дом. Слышен женский крик.

Николай идет по коридору гостиницы, злой как черт.

Номер открыт. Николай входит в номер, бросает в кресло все, что в руках, и устремляется в туалет. Но… В туалете Тамара ставит цветы в сливной бачок, как в вазу. Ванна наполнена водой, в ней плавают розы. Таким образом Тамара сохраняет цветы от увядания.

— Могу я хоть раз в жизни остаться один? — орет Николай. — Могу я поссать, в конце концов, или это тоже нельзя?

Тамара выскакивает из туалета. Слышит, как Николай запирается. Слышит звук слива.

Николай выходит. Ему легче.

— Я все поняла, — сухо говорит Тамара. — Это наши последние гастроли. Я ухожу к Сикорскому. Он меня оторвет с руками и ногами.

— Делай что хочешь, — говорит Николай. — Мне все надоело. Могу я хоть раз в жизни позволить себе не петь, когда я не хочу, не улыбаться, не разговаривать?.. Мне уже умереть спокойно не дадут.

— Умирайте на здоровье.

Тамара уходит.

Сцена. Николай поет красивое танго. Зал внемлет.

В кулисах Рая и Тамара. Рая капает в рюмочку корвалол.

— Просто у него было плохое настроение, — объясняет Рая.

— Просто я выпала в кристалл.

— Не поняла.

— Когда в чай кладешь очень много сахара, десять ложек например, раствор перенасыщен, сахар выпадает в кристалл.

— Да. Десять ложек — это много, — соглашается Рая.

Озерников поет. На нем черные очки, скрывающие синяки под глазами. Когда бьют в нос, то синяки почему-то образуются под глазами и потом долго меняют цвет.

— А я знаю, что надо делать, — говорит Рая. — Ты ему роди.

— Как?

— Как все.

— А если он не хочет…

— Сначала все не хотят, а потом все рады.

Николай поет.

Тамара думает.

— У тебя будет собственный маленький Коля Озерников. И ни с кем не надо делиться. Никто его не отберет.

Тамара смотрит на Раю, будто видит впервые.

— Да-да, — подтверждает Рая свою мысль. — Хоть какой-то результат останется от твоей любви. Плюс алименты, пожизненная пенсия. Потом хочешь — работай, не хочешь — не работай.

Аплодисменты в зале.

Ресторан.

Группа Озерникова ужинает. Маленький оркестр играет свою скромную программу.

Рая танцует с Димой. Она старше его, но смотрятся гармонично.

Тамара и Озерников сидят в разных концах стола. Озерников встает со своего места. Садится рядом с Тамарой.

— Извини. — Он целует ее руку.

Тамара не реагирует.

— Ну, проси что хочешь. Любой предмет роскоши: меха и бриллианты.

— Предмет роскоши — это любовь.

— Понимаешь… Ее ведь надо потом куда-то девать, эту любовь. Жениться. Или расставаться. А я не хочу с тобой расставаться. Не хочу тебя терять. Я без тебя пропаду. Ты мне нравишься, Тамара, но я не хочу ничего осложнять. Я хочу, чтобы ты всегда была рядом со мной — чистая и прозрачная, как капля росы на траве.

— Я хочу от тебя ребенка.

У Николая глаза становятся как колеса.

— У меня не будет к тебе никаких претензий, — клянется Тамара. — Ты сам по себе, ребенок сам по себе. Я обещаю!

— Тамара! Это очень тяжело, когда ты сам по себе, а твой ребенок сам по себе. Это трагедия, Тамара. Для тебя, для меня и для ребенка. Ты просто этого не знаешь.

Тамара поднимается и выходит из-за стола.

Тамара и Рая в туалете ресторана.

Тамара моет лицо, смывает слезы.

Рая красит ресницы. Смотрит на себя с одобрением.

— Сколько мне можно дать лет? — спрашивает Рая.

— От двадцати до сорока, — отвечает Тамара.

— Я здесь растолстела килограмма на три, — сокрушается Рая. — Жрем бутерброды, наедаемся на ночь.

Тамара молчит с потерянным лицом.

— Опять? — упрекнула Рая. — Смотри на жизнь проще. Еще какие-нибудь десять лет — и мы постареем, а в старости все равно.

— Я всегда буду его любить. Всю жизнь и потом.

— Ложная цель, — заключает Рая.

— Пусть. Лучше иметь ложную цель, чем не иметь никакой.

— Ты как коммунисты. Шестьдесят семь лет строят, выстроить не могут. «Сделать хотел грозу, а получил козу, розовую козу с желтою полосой». Вот и ты получишь козу.

Рая покончила с ресницами, перешла к губной помаде.

— Димка смешной, — говорит она растянутыми губами. — Я понимаю, почему старые мужики без ума от молодых баб. Совсем другая энергия. Хочешь губы подкрасить?

— Не хочу.

— Дура ты, Томка. Почему надо любить одного и того же? Ты сознательно себя обедняешь.

— Лучше иметь одну большую любовь, чем много маленьких.

— Если твоя большая любовь не нужна объекту, то она не нужна никому. Неужели не понятно?

— Я жду. Энергия ожидания притягивает.

— Ну, жди...

Подруги выходят в зал.

Музыка. Прыгающая в танце толпа. Радостные лица. Яркие наряды. Жизнь.

Рая устремляется в толпу, увлекает Тамару.

Из-под земли вырастает Дима, начинает выплясывать вокруг Раи.

Все движутся, качаются, прыгают. Тамара стоит неподвижно, маленькая, неяркая, как школьница. И ее неподвижность особенно заметна на фоне всеобщего движения.

Снопы солнечных лучей прорезают зеленую листву. Парк. На скамейке сидит пенсионер, играет на гармони «Синенький скромный платочек». Играет очень хорошо.

Николай идет по аллее с пакетом в руке. Останавливается против гармониста, слушает. Потом кладет в его шапку большую купюру. Идет дальше.

Мужик счастлив и залихватски наяривает новую мелодию. «Смуглянка-молдаванка» разносится на весь парк.

Николай смотрит в бумажку, сверяя адрес. Потом легко поднимается на крыльцо одноэтажного дома. Звонит в дверь.

Дверь тут же открывается. На пороге взволнованная женщина — тот женский тип, который нравится всем мужчинам без исключения.

— Здравствуйте, — здоровается Николай. — Мне нужна Галина Митрофанова.

— Это я.

Пауза. Галина узнает Озерникова.

— Это вы? — удивляется она.

— Наверное. Я привез вам подарки от вашего мужа.

— А почему вы? Где он вас нашел?

— В поезде. Он сказал, что послал вам телеграмму.

— Не было никакой телеграммы. Наверное, он напился и забыл, — предположила Галина. — Как он выглядит?

— Неважно.

— Опустился, — догадывается Галина. — Следовало ожидать.

Из глубины дома выбегает мальчик лет семи, с интересом смотрит на гостя. Николай протягивает ему коробку. Мальчик тут же разрывает оберточную бумагу, рассматривает подарок.

— Простите, пожалуйста, вы не очень торопитесь? У вас есть полчаса? — спрашивает Галина.

Николай смотрит на часы.

— Да. Конечно. А в чем дело?

— Посидите, пожалуйста, с Виталиком. Мне его оставить не на кого. Виталик, ты посидишь с дядей?

— Посижу, — соглашается Виталик.

— Спасибо! Я быстро.

Галина мгновенно исчезает, как ветром сдуло.

— Куда это? — удивляется Николай.

— Танька пропала.

— Танька — это кто?

— Моя сестра.

— А ты один посидеть не можешь?

— Не могу.

— Почему?

— Я шкодливый.

Виталик ставит коробку на стол. Николай помогает ему достать солдатиков. Начинают играть.

Николай оглядывает комнату. Скромная бедность. На углу стола — стопка тетрадей. Учебник русского языка. Фотография в рамке: Галина и двое детей на берегу моря. Галина — буквально русалка с распущенными волосами, а девочка рядом — русалочка. Все смеются. Вокруг них солнечные брызги.

Милиция. Дежурная часть.

— Вчера ушла и не вернулась.

— А сколько ей лет? — спросил милиционер.

— Шестнадцать.

— Мы только после трех суток начинаем искать.

— Почему?

— Потому что она совершеннолетняя. Мало ли куда пошла.

— Да что вы! Она не такая. Она маленькая! Может, несчастный случай. Может, ее к дереву привязали... И она трое суток будет висеть распятая. — Галина рыдает.

— Как фамилия? — сдается милиционер.

— Митрофанова Таня.

— Документы были при себе?

— Нет. Документы дома.

Милиционер снимает трубку:

— Курицын? Это Верченко из 27-го. Там молодых неопознанных не зарегистрировано?

Галина замерла.

— В чем одета? — уточняет милиционер.

— Куртка черная. И кроссовки.

Милиционер повторяет в трубку:

— Черная куртка и кроссовки... Особые приметы есть?

— Родинка. — Галина показывает на шее ниже уха.

— Родинка, — повторяет милиционер.

Галина рыдает.

Возле гостиницы стоит автобус.

Музыканты с аппаратурой сидят и ждут.

Рая входит в автобус.

— Ну? — нетерпеливо спрашивает рыжий Дима.

— Задержался где-то, но ничего, он прямо к началу приедет.

Рая поворачивается к шоферу:

— Поехали! Нас много, а он один.

— Но публика ходит на него, а не на вас, — возражает шофер.

— А мы что, не люди? Поехали!

Автобус трогается.

Из гостиницы выбегает Тамара. Заполошно машет руками, но автобус уходит без нее. Тамара останавливает такси.

Дом Галины. Она сидит за столом — само отчаяние. Озерников не решается уйти. Невозможно оставить человека в таком состоянии.

— Ну почему обязательно несчастный случай? Может быть, она у кого-то в гостях. Мальчик у нее есть?

— Генка, — ответил Виталик. — Генка крутой.

— В каком смысле? — не понял Николай.

— Крутой. А все остальные всмятку.

— Понятно. Ты знаешь, где он живет?

Новый кирпичный дом в центре города. Галина, Николай и Виталик входят в подъезд.

Виталик нажимает на звонок. Дверь открывает крепкий подросток.

— Это он? — спрашивает Николай у Виталика.

— Ну да. Генка.

— Где Таня? — строго спрашивает Николай.

— А я откуда знаю? — пугается Генка.

— Ты не знаешь, где твоя девушка?

— Она не моя девушка. Мы поссорились. Я с Ивашовой встречаюсь.

— Встречайся с кем хочешь, но учти: если с Таней что случится, яйца оторву, — угрожает Виталик.

— А что мне с ней, до ста лет дружить?

Появляется мама Генки, — в спортивном костюме. Теряется при виде Озерникова.

— Ой! Я не ошиблась?

— Нет, вы не ошиблись. Мы ищем Таню Митрофанову.

— А вы ей кто?

— Родственник.

— Родственник, — подтверждает Виталик.

Мама Генки резко разворачивает сына.

— Я всегда говорила, что Таня хорошая девочка. А эта твоя Ивашова — прошмандовка. И семья у нее соответствующая. Не хотите пройти? — Последние слова относились к Николаю.

Он посмотрел на часы. Потом ошалело оглядел присутствующих и ринулся вниз. Ссыпался с лестницы.

Раздвигается занавес. Озерников, не успев переодеться, выходит на сцену. Музыканты дают вступление.

Концерт начинается.

За кулисами полуживая Тамара. Рая засовывает ей в рот таблетку.

Николай поет прекрасно, как всегда. Он иначе не умеет.

За кулисами появляется Галина Митрофанова.

— Вам кого? — строго спрашивает Рая.

— Его. — Галина указывает на сцену.

— Еще одна, — вздыхает Рая. — Лезут и лезут, как муравьи.

Озерников кланяется и идет за кулисы. Тамара держит наготове белый концертный пиджак. Николай переодевается. Видит Галину.

— Наверное, она у Багиры.

— А кто это, собака?

— Нет. Это мать моего мужа.

— Значит, надо к ней сходить.

— Она меня с лестницы спустит.

— Почему?

— Она меня ненавидит. Считает, что ее сын спился из-за меня. Это я его погубила.

— Понятно. Вы хотите, чтобы я пошел вместе с вами?

Галина не выдерживает. Плачет.

— Да ладно. Я пойду. Мне это совершенно не сложно. Только после концерта. Вас это устроит?

Виталик сидит в зале. Присутствует на концерте.

Галина подходит, садится рядом на свободное место. Вокруг нее целый зал людей, где она не нужна никому и ей никто не нужен. Одиночество на людях.

Николай поет красивую мелодию. Музыка совпадает с настроением Галины.

Так бывает на похоронах.

Старинный респектабельный дом. Галина и Виталик остаются на улице. Николай входит в подъезд, поднимается на второй этаж. Звонит в дверь.

Дверь распахивается. На пороге шестнадцатилетняя Таня. Сама весна.

Николай невольно залюбовался. Молчит.

Таня тоже не верит своим глазам. Перед ней король эстрады, о котором мечтает вся страна, а он — сам пришел. Бог послал с доставкой на дом.

— Это правда вы? — спросила Таня. — Или просто похожи?

— А ты Таня? — в свою очередь спросил Николай.

— Таня Митрофанова.

— Одевайся! — приказал Николай.

— Зачем?

— Тебя внизу мать ждет.

Таня поняла, что появление певца — интрига ее матери.

— Не пойду, — отказалась она.

— Почему?

— Не пойду, и все.

— Но мать волнуется. Места себе не находит.

— Она Витальку больше любит.

— Может, все-таки спустишься? Пусть она тебя увидит.

— А вы-то тут при чем?

— Я ни при чем, но ты — законченная эгоистка. Так мызгать близкого человека... Это жестоко и безнравственно.

Таня обиделась.

— Значит, так! Мне шестнадцать лет. У меня паспорт есть. Я уже взрослая, и нечего меня обзывать. Каждый взрослый человек имеет право на свою порцию одиночества. Разве не так?

— Так. Но не за счет других.

— А я не хочу, чтобы меня искали. Я хочу, чтобы меня все потеряли. Понятно?

— Понятно.

— Передайте, что я жива и здорова и домой не пойду. И пусть меня никто не ищет. Меня нет.

Таня хочет захлопнуть дверь, но Николай подставляет ногу.

— Пустите!

— Послушай: когда кто-то рядом с тобой шагает не в ногу, не суди его. Может, он слышит совсем другой марш.

— Да какой у Ивашовой марш? У нее и слуха-то нет...

Таня поворачивается и уходит.

Николай идет вниз по лестнице.

Дверь тяжело захлопывается.

Прихожая Багиры.

На стене висит календарь с портретом Озерникова. Рядом в рамочке портрет Пушкина работы Кипренского. Появляется Багира с кухонным ножом в руке.

— Кто там? — спросила она.

— Этот приходил. — Таня указывает на Озерникова.

— А этот не приходил? — Багира указывает на соседний портрет.

— Понадобится — и этот придет. Я их всех на уши поставлю, — мстительно говорит Таня и скрывается в комнате.

— Митрофановское отродье, — заключает Багира. — Хоть бы кто-нибудь в меня пошел... И что с вами со всеми будет, когда я умру...

— Переедем в твою квартиру! — орет Таня из-за двери.

Двор. Озерников выходит из подъезда. Галина напряглась в ожидании.

— Там она. Все в порядке. Завтра придет, — сообщает Николай.

— Что я ей сделала? — произносит Галина упавшим голосом.

— Дело не в тебе. Она с Генкой поссорилась. К брату ревнует. Много всего. Ей тоже непросто. Первая любовь, первое предательство.

— Думала, подрастут — легче будет. А получается — все труднее и труднее. Им отец нужен.

— Почему он от тебя ушел?

— Поехал на время, на заработки, ну и закрутился... Знала бы Агнесса, она не стала бы мне делать окна.

— Агнесса — это кто? — не понял Николай.

— Завуч. Она ставит мне первый урок, третий и пятый. А второй и четвертый я должна в учительской сидеть.

— Мама, я кушать хочу, — напомнил о себе Виталик.

— Поужинаете с нами? — пригласила Галина.

— Пойдемте, в солдатики поиграем, — подключился Виталик.

Озерников в концертном прикиде сидит на крыльце деревянного дома Галины. Пьет чай.

Появилась Галина, останавливается возле дверного косяка.

— Уложила, — сообщает она. — Заснул вместе с солдатиками. Руку положил на коробку. Дурачок.

— У тебя очень красивые дети, — отозвался Николай.

— Для меня красивые.

— А друг у тебя есть? — поинтересовался Николай.

— В смысле любовник? — уточнила Галина. — Нет.

— Почему?

— Не хочу.

— Почему?

— Потому что я должна буду отдавать ему время и энергию. А я лучше это время и эту энергию отдам своим детям.

— А счастье?

— Дети и есть мое счастье.

— А жизненные впечатления?

— Впечатлений хватает, как видите.

— Странно. Ты молодая, красивая.

— Я знаю.

— И что?

— Ничего. Это лучше, чем если бы я была старая и страшная, как Агнесса. Она меня презирает за то, что я одна. Считает, что я никому не нужна.

— Хочешь, я пойду с тобой в школу и притворюсь твоим любовником?

— Хочу! Но мне неудобно таскать вас по своим делам.

— Пользуйся, пока я здесь. И говори мне «ты».

— Это неудобно. Кто вы, и кто я. Я — серая мышь, а вы делаете счастливыми целые залы. Можно сказать: все человечество.

— Я делаю счастливым все человечество, а своего сына я предал.

На крыльцо выходит щенок. Николай берет его на руки. Щенок лижет его лицо.

— Танька притащила с улицы, а сама ушла. А я не знаю, как с ним обращаться. Я его все время кормлю, а может, это вредно...

Галина берет щенка, поднимает к своему лицу. Целует в мокрую мордочку.

— А у вас есть собака? — спрашивает Галина.

— «Ты», — поправляет Николай.

— Ну хорошо, — соглашается Галина. — У тебя есть собака?

— У меня нет собаки. У меня все было, а сейчас нет ничего, кроме успеха в работе.

Галина садится рядом на крыльцо. Она готова слушать. А Николай готов рассказать.

— Десять лет назад я жил в таком же маленьком городке, он назывался «поселок городского типа». У меня была жена Люба, сын Славик, собака Найда и кот Кузьма. А еще петух Напа, полное имя — Наполеон.

— Ты их любил?

— Любил, но я хотел петь. И не просто петь, а быть знаменитым на всю страну. Собирать залы. Глохнуть от оваций. Я жаждал славы. У поэта Евгения Винокурова есть стихи: «Она была сильней, чем похоть, страшней, чем на глазу бельмо».

— Кто она?

— Жажда славы. Я иногда думаю: из чего она произрастает, эта жажда? Потом догадался: зацепиться за время. Подольше постоять в памяти людей. Преодолеть забвение. Преодолеть смерть. Своего рода — инстинкт самосохранения.

— А я никогда не хотела славы. Зачем мне любовь людей, которых я даже не знаю? Мне нужна любовь тех, кто рядом. Но, извини, я тебя перебила.

— Я знал, что там, в этой дыре, я ничего не добьюсь. Я поехал в Москву. Я собирался устроиться и вернуться за семьей. Поступил в консерваторию, меня взяли…

Николай замолчал, погрузившись в воспоминания.

— А потом? — подтолкнула Галина.

— Потом конкурсы, воспаление легких, учеба, безденежье, молодость, пианисточки…

— Закрутился, — подсказала Галина. — Женщина появилась…

— Аккомпаниатор Лиля. Она была частью моего дела, а значит — меня. Мы стали одно целое. Ну… я поехал домой, чтобы объясниться с Любой.

— Ты решил уйти?

— Поселок для меня — мертвый угол. Все мое будущее виделось мне в Москве, с Лилей. Она чувствовала каждую мою паузу, каждое дыхание. С ней я звучал, как Орфей в раю...

Николай снова замолчал.

— И... — подтолкнула Галина.

— Я поехал к Любе. Приготовил слова. Но когда я вошел в дом, они так обрадовались, так бросились навстречу... Сын на шее повис. Люба от радости рыдает, собака лает, кот влез на голову, петух взлетел на забор. Лампы засветились ярче, увеличилось напряжение... Я решил отложить объяснение на другой день. Целую неделю собирался и не сумел выговорить. Люба льнула ко мне по ночам, обтекала как река, и я ее любил, не мог не ответить...

— И что же дальше?

— Удрал!

— В каком смысле?

— В прямом. Люба утром ушла на работу. Она работала на почте. Отвела ребенка в детский сад. Я оставил записку: «Я от вас ухожу. Так получилось. Ключ под половиком».

Раздался стук в стекло.

— Кто это? — вздрогнул Николай.

— Яшка-ворон. Он у нас в саду живет. Мы его кормим. Он старый, ему лет двести. Он еще при царе жил.

— Вот и я как этот Яшка. Без стаи. Без роду.

— А Лиля?

— Лиля в порядке. Только у нее на меня времени не хватает. Она преподает. Ученики. Сын — неудачный, скажем прямо.

— Сын общий?

— Нет. Это ее сын от первого брака.

— Он с вами живет?

— Ну конечно. Все время компании какие-то. По-моему, я им там мешаю.

— Сколько ему лет?

— Шестнадцать, как моему Славику. А Славика с тех пор я не видел.

— Непостижимо... — удивляется Галина.

— Через месяц я получил от Любы одно-единственное письмо. Она написала: «Почему ты нам не сказал? Славик первый нашел записку, все понял, хоть и маленький. После этого стал заикаться».

— А ты им деньги высылал?

— Сначала нет. Сам недоедал. А потом, когда встал на ноги, — выслал, но перевод пришел обратно. Адресат выбыл. Уехали куда-то. А где их искать, понятия не имею, и спросить не у кого. Люба — детдомовская.

— И ты до сих пор их не нашел? — ужаснулась Галина.

— А где я их найду?

Пауза.

— В самом начале я испугался, — продолжал Николай. — А трусость порождает подлость. И вот я — подлец. И поразительное дело: чем дальше я живу, тем больше я это ощущаю.

— Люба замуж вышла?

— Не знаю. Ничего не знаю. И жить так больше не могу. Обидел сироту. И сына сделал сиротой.

— А ты поезжай к ней.

— Куда?

— Найди. Человек — не иголка. Ты должен ее увидеть и объясниться, попросить прощения. Встать на колени, в конце концов.

— Слова — это воздух.

— Нет. Слова — это тоже поступок. Ты должен покаяться. Бог услышит.

— Она меня выгонит.

— Даже если выгонит... Но она поймет, что ты тоже страдаешь. Тебе не все равно. Ведь она как думает: ты уехал, бросил, забыл. Поёшь себе, деньги гребешь... А ты явишься, встанешь на колени, купишь им дом с озером, а в озере — рыбка золотая. Они простят. А даже если не простят, тебе станет легче. Один раз живем, а по собственным детям — как по веткам топором.

У Озерникова на глазах блестят слезы.

— Все не так плохо, — утешает Галина. — Все можно поправить, кроме смерти. Нельзя из мертвого сделать живого. А все остальное — можно.

— Ты так думаешь?

— А что тут думать? Славику надо в институт поступать. Учителя, репетиторы. Чтобы делом занимался, в дурную компанию не попал. Очень опасный возраст.

Николай задумался, глядя перед собой.

— А может, они в городе живут, — предположил он. — Может быть, в Эмиратах или в Рио-де-Жанейро. Может, у нее муж — нефтяной магнат. Они путешествуют по всему миру. Люба — русская красавица, мечта богатого араба.

— Все может быть, — соглашается Галина. — А может не быть ничего. Перебиваются с хлеба на квас, путешествуют с печки на лавку.

Пауза. Ночь. Звезды. Полное небо звезд.

— Завтра будет хорошая погода, — произносит Галина.

— Я могу что-то для тебя сделать? — спрашивает Николай.

— Можешь. Сходи со мной в школу. Пусть Агнесса нас увидит.

— И что изменится?

— Расписание. У меня не будет окон.

Николай смотрит на часы.

— А в гостиницу ночью пускают? — беспокоится он.

— Спи у меня, — предлагает Галина. — А я на Танькину кровать лягу.

— Я даже не знаю… — мнется Николай.

— Ты как девушка. Не беспокойся. Я не буду к тебе приставать.

Смотрят друг на друга.

Школьный двор.

Дети носятся как стадо бизонов. Николай Озерников в концертном пиджаке стоит посреди двора рядом с Галиной.

— Что-то не идет завучиха твоя, — говорит Николай.

— Нет ее. Ну и черт с ней. Все видели. Передадут.

— А что скажут?

— Что ты — мой любовник.

Появляется Агнесса. Она отдаленно похожа на Фурцеву: со следами красоты, изуродованной маленькой властью.

— Идет! — обрадовалась Галина.

Озерников оборачивается.

— Стой, как будто не видишь, — одернула Галина. — Говори что-нибудь. Только не молчи.

— Я не знаю, что говорить. Ну хорошо! Я благодарен твоему мужу за то, что он нас познакомил. Я понял, почему я таскался с этими оловянными солдатиками. Я должен был встретить тебя, чтобы ты вернула меня к себе самому.

Агнесса идет мимо и вдруг останавливается как вкопанная. Приближается к Галине.

— Галина Петровна, я хотела бы у вас спросить...

— Я сейчас занята, я попозже подойду, — сухо говорит Галина.

Агнесса поворачивается к Николаю.

— Здравствуйте, я завуч этой школы.

— Очень приятно.

— Я вас узнала. Вы в нашем городе на гастролях.

— Так точно, — отзывается Николай.

— Простите, а можно организовать вашу встречу с детьми нашей школы? Завтра. Я сегодня повешу объявление. Для них — это нравственный заряд. Они так мало видят интересных людей.

— А их вообще мало, — замечает Галина.

— Кого? — не понимает Агнесса.

— Интересных людей.

— Я бы с удовольствием, — извиняется Николай. — Но у меня сегодня кончаются гастроли. Вечером мы уезжаем в Москву.

— А вы задержитесь на один день, — просит Агнесса. — Что такое один день в человеческой жизни...

Школьный актовый зал переполнен. Дети, и учителя, и родители.

Среди детей Генка, Таня Митрофанова и разлучница Ивашова. Здесь же мы видим Багиру, спекулянтку Галину Митрофанову и Галину Митрофанову № 2 с мужем-дальнобойщиком.

Ивашова сидит возле Генки с победным видом.

Генка время от времени нервно оглядывается на Таню.

На сцене столик и два стула. За столиком сидит Агнесса, она — ведущая. Николай Озерников стоит у края сцены, заканчивает песню, аккомпанируя себе на гитаре.

— Дети, если есть вопросы, вы можете задать их нашему уважаемому гостю, — торжественно объявляет Агнесса.

Посыпались вопросы.

— У вас есть недостатки?

— Есть. Я всегда пою, — отвечает Николай.

— А какой человеческий недостаток нельзя прощать?

— Предательство.

— Кто ваш любимый поэт?

— Евгений Винокуров.

— Кто-нибудь знает такого поэта? — вопрошает Агнесса. — Кто знает, поднимите руку!

Ни одной руки.

Николай перекладывает гитару на столик. Читает стихи Винокурова:

Когда дергаешь ты за кольцо запасное
И не раскрывается парашют,
А там, под тобою, безбрежье лесное —
И ясно уже, что тебя не спасут,

148

И не за что больше уже зацепиться,
И нечего встретить уже на пути,—
Раскрой свои руки спокойно, как птица,
И, обхвативши просторы, лети.

И некуда пятиться, некогда спятить,
И выход один только, самый простой:
Стать в жизни впервые спокойным и падать
В обнимку с всемирною пустотой.

Пауза.

— О чем это произведение? — спрашивает Агнесса.

— О том, что надо проверить парашют, прежде чем прыгать! — крикнул Генка.

— О том, что не надо бояться смерти…

— О человеческом достоинстве.

— Стихи словами не расскажешь, на то они и стихи.

— А можно еще что-нибудь Винокурова?

Николай берет гитару.

— А вот песня на его стихи, — объявляет он. Поет:

> *В полях за Вислой сонной*
> *Лежат в земле сырой*
> *Сережка с Малой Бронной*
> *И Витька с Моховой.*

Взрослые подхватывают. И дети тоже. Не все, но многие знают эту прекрасную песню. Дальнобойщик Иван поет самозабвенно и громче всех.

Но помнит мир спасенный,
Мир вечный, мир живой,
Сережку с Малой Бронной
И Витьку с Моховой.

Генка встает со своего места и пересаживается к Тане Митрофановой. Таня не выражает никаких эмоций. Сидит с каменным лицом.

Ивашова проиграла, но не теряет достоинства. Она только что получила нравственный заряд.

Москва. Шереметьево.

Николай спускается с трапа самолета.

Выходит из здания аэропорта. Берет такси.

Темная Москва. Такси подъезжает к дому-башне на проспекте Вернадского.

Николай открывает ключом свою квартиру.

Навстречу ему выходит жена Лиля, холеная, ухоженная женщина.

— Ой! Приехал. А я тебя вчера ждала.

Лиля обнимает мужа.

— Ты голодный?

— Само собой.

— Борькина орава все сожрала. Поешь в кафе. Ладно?

Николай молчит.

— Ты знаешь, какая сейчас молодежь. Сплошная наркота. Пусть лучше у меня собираются. Борька будет на глазах. Мне так спокойнее.

Из-за закрытой двери доносятся звуки гитары и лошадиное ржание молодой компании.

В квартиру входит носатый юноша со скрипкой.

— Здравствуйте, — здоровается он.

— Это Миша, — представляет Лиля. — У него завтра конкурс. Решается вся его судьба. Он пятнадцать лет шел к этому дню. Миша, раздевайся, проходи прямо.

Миша раздевается. Проходит в гостиную, где стоит рояль.

— Какие пятнадцать лет? — не понимает Николай.

— Ну как? ЦМШ, консерватория. Он, бедняжка, так волнуется, ни с кем не может играть, только со мной. Ты посиди на кухне. Хорошо?

Николай проходит на кухню. Курит. Просматривает газету.

По квартире плывут звуки скрипки.

Появляется Лиля.

— Извини, я надымил, — говорит Николай.

— Это пустяки. Не в этом дело.

— А в чем дело?

— Мише все время кажется, что он мешает.

— Правильно кажется.

— Он не может сосредоточиться. У него тонкая организация музыканта. Очень хороший, воспитанный мальчик...

— Ты скоро закончишь? — спрашивает Николай.

— Ну, часа через три точно.

— А мне куда деваться?

— Сходи в кино. Погуляй, в конце концов. Ты совершенно не двигаешься...

Вечерняя Москва.

Кафе-стекляшка.

Озерников сидит за столом и ест пельмени. Они довольно крупные и голубые. Народу не много. Вокруг люди среднего достатка, мягко говоря: небритые лица, кроличьи шапки. Пожилая уборщица вытирает стол вонючей тряпкой.

— Тебя что, дома не кормят? — спрашивает уборщица.

— Не всегда, — отвечает Николай.

— Пьешь?

— Не всегда.

— А зарплату отдаешь?

— Не всегда.

— Тогда понятно...

Николай сидит на скамейке в парке. Дышит воздухом. Ему быстро надоедает дышать.

Зашел в телефонную будку. Набирает нужный номер.

— Я знала, что ты позвонишь, — отзывается Тамара.

— Откуда ты знала?

— Чувствовала.

— Ты вот что... Мне надо пропасть на какое-то время. Ты не жди. Уходи к Сикорскому. Какой смысл тебе сидеть без работы?

— Я не пойду к Сикорскому.

— Почему?

— Он блеет как козел.

— А я не козел?

— Ты — Моцарт.

— Спасибо, Тамара...

— За что? — не понимает Тамара.

— У меня низкая самооценка. Я себе цену знаю. А твое отношение держит меня на поверхности. Не дает опуститься.

— Люди с высокой самооценкой всегда довольны собой. Они останавливаются, как стоячая вода, и воняют. Возле них неприятно находиться. А люди с низкой самооценкой стремятся куда-то и журчат, как горные ручьи.

В будку постучали.

— Я больше не могу говорить, Тамара.

— Исчезай и воскресни. Я буду тебя ждать! — кричит Тамара.

Молодой парень стучит монетой в стекло громко и требовательно. Николай выходит.

— Ой, это вы? — смущается парень. — Так бы и сказали…

Николай широким шагом подходит к своему дому. Поднимается в лифте. Входит в квартиру.

Миша играет вдохновенно. Лиля аккомпанирует, качаясь спиной.

Николай не раздеваясь проходит мимо них, достает из письменного стола свою сберкнижку, кладет во внутренний карман и выходит.

Миша не останавливает смычка. Лиля продолжает мастерски аккомпанировать. Прекрасная мелодия разносится по всему дому, выплескивается на улицу через открытое окно.

Вокзал.

Николай подходит к вагону.

Знакомая проводница Мила проверяет билеты.

— Ой! — радуется она. — Вы с нами ехали неделю назад, помните?

— Ну конечно. Здравствуйте.

— Вы опять туда же?

— Не совсем. Дальше.

— А где все ваши?

— У себя дома.

— А вы куда?

— И я к себе.

Николай проходит в вагон.

Поезд несется в темноте с включенными фарами.

Дорогу перебегает заяц. Он не догадывается перескочить через рельсы вправо или влево, потому что там — темнота, неизвестность.

Зайца нагоняет грохот несущейся гибели. Заяц метнулся в сторону, перескочил через рельсу. Он успел. Все удачно.

Поезд несется дальше, прорезает фарами бесконечное пространство.

немножко иностранка

Крым. Коктебель. Июнь. Рай.

В раю стоит Дом творчества писателей. В него не просто достать путевку. Во-первых, надо быть писателем, во-вторых, понравиться теткам, которые выдают путевки. Мне удается первое и второе. И вот я иду по дорожке к морю, держу за руку маленькую четырехлетнюю дочку. Ручка у нее тяжеленькая и теплая. Она впервые в жизни видит розы на кустах, пальмы с шерстяными стволами. Ей это все до фонаря, главное, чтобы мама была рядом, и держала за руку, и никуда не отходила. Ни на шаг. Потому что одной очень страшно.

Мы выходим к морю. На берегу стоит моя подруга, назову ее Лара.

Лара — переводчик. Она переводит с языков социалистического лагеря: польского, болгарского, чешского, словацкого.

Переводит туда и обратно. С чужого языка на русский и наоборот.

Когда переводишь на язык другой страны, надо стать немножко иностранкой. Как бы впитать дух чужой страны, чужого характера. Тогда перевод становится органичным.

Лара была практически лучшим специалистом своего дела, на нее был большой спрос. Многие авторы требовали только Лару и, если она бывала занята, соглашались ждать сколько угодно. Поскольку перевод Лары — гарантия успеха. Она не только переводила, но и правила текст. Улучшала.

В данный отрезок времени Лара отдыхала в Коктебеле со своим сыночком Алешей. Алеша состоял из палочек: две палочки — ручки, две палочки — ножки, и два синих глаза плюс вихор на макушке.

Лара стоит на берегу моря в раздельном купальнике. Фигура — идеальная, ничего лишнего, только то, что надо.

Лара не входит в море. Медлит, тем самым демонстрирует фигуру со спины. А где еще ее показать?

На берегу загорает знаменитость. Назову его Орфей. У него прижизненная слава, как у Пушкина. Не меньше. Он еще молодой, тридцатипятилетний, обязательно высокий, с круглыми глазами и узким ртом. В лице нет ничего особенного. Лицо как лицо. Но оно принадлежит яркой знаменитости, Орфею, пребывающему в раю.

Он тоже видит фигуру Лары со спины. Господь сложил женщину особенно удачно. Это его шедевр. Орфей смотрит не отрываясь и мысленно примеривается. В этом мире все принадлежит ему: еда, вода, море, небо, женщины. Он здесь хозяин. Имеет право. Талант такой, что бьет наотмашь. И время такое, что поэт в России — больше чем поэт.

Орфей хватает рифмы с воздуха. Его талант выше, чем его личность.

Я не знаю ни одного человека, равнодушного к таланту. А есть такие, особенно женщины, которые готовы отдать все, включая жизнь. Пример тому Галина Бениславская, которая покончила с собой на могиле Сергея Есенина. Жалко девушку. Если бы я была рядом, я бы ее отговорила. Я бы сказала, что жизнь — это самая большая ценность и никто не оценит ее жертвы.

Но вернемся к морю. Лара постояла на берегу, как на подиуме, потом медленно, не торопясь вошла в воду. И плывет. Через сорок минут возвращается. Выходит так же медленно. Теперь можно рассмотреть ее анфас. Треугольное личико, как у кошки, и голубые глаза на загорелой коже.

Когда Лара разговаривает, то ее губы движутся нехотя, будто замерзли. Всё вместе: глаза и губы на фоне моря — какие-то нездешние. Инопланетные.

Лара садится на лежак возле меня. Мы дружим. Я не такая красивая, как Лара, но у меня свои козыри: обаяние и уверенность в себе. Это немало.

Ларе не нужно никакой уверенности. Она — красавица. Лицо и тело — вот ее козыри.

К нам подбегает ее сыночек Алеша. Он ровесник моей дочки, и им нравится играть вместе.

Море, солнце, лето, ни о чем не надо беспокоиться. Кормят, показывают кино. Развлекаемся, пьем молодое вино, крутим бесперспективные романы. Без этого невозможно.

В один из дней Орфей приглашает всех желающих послушать его последние стихи.

Желающих набралось как рабов в трюме, но все разместились как-то. В центре — Орфей в шортах и попугайской рубахе.

Он начал читать. Все внимали, замерев. Я не помню точно, но приблизительное содержание впечаталось в мою память: «Открывается дверь, и тихо входит безнадежность. И не совсем чтобы чужая, а даже чем-то дорога».

Мурашки по коже. Да. Именно так. Тихо входит безнадежность. Я часто испытывала это состояние. В молодости человек бывает особенно несчастен в отсутствие любви.

Орфей прекрасен в эти минуты. В него все влюблены бескорыстно, просто за то, что он выбрал каждого в собеседники. Пусть ненадолго, но все же. Лара тоже влюблена и смотрит на поэта блестящими эмалевыми глазами. Она влюблена иначе, чем все. Корыстно. Она хочет обмена: любовь за любовь.

Поэт это понимает, и его голос звучит еще более артистично. Он хочет покорять. Он на взводе.

В самую высокую творческую минуту раздается детский вой и входит парочка: ангел Алеша и приемный сын Орфея Вадик — рыжий, курчавый, пятилетний. У Алеши правый глаз вылез из орбиты. Буквально фонарь, розовый от лопнувших сосудов. Быстро выясняется, что Вадик дал Алеше кулаком в глаз. Кулак — не слабый, как кирпич. Алеша — невинная жертва, а Вадик — малолетняя шпана. Тем не менее Орфей нежно привлекает к себе приемного сына и заботливо спрашивает: «Испугался?»

На Алешу ноль внимания. Ему никто не сочувствует. Народ безмолвствует, поскольку Вадик сын самого бога, а бог игнорирует Алешу. Он на стороне злобного Вадика.

Лара в ужасе от увиденного. Она рассматривает глаз своего сына, проверяя, цел ли глаз. Но тоже никак не реагирует, не ругает Вадика и не бьет его в отместку. Несправедливость торжествует.

Глаз в итоге оказался цел, только травмирован.

На другой день глаз встал на место, но еще долго оставался розовым.

Мальчики избегали друг друга. А вот родители, Лара и Орфей, — наоборот, тянулись один к другому и притянулись вплотную.

У Лары и Орфея вспыхнул роман и полыхал ярким пламенем у всех на глазах.

Лара изо всех сил прятала свое чувство. Она не подходила к поэту днем, на людях. Но где бы ни сидела — в столовой, на пляже, — глаза ее были далеко. Иногда она их прикрывала веками, чтобы не видеть реальную действительность. Она хотела видеть только то, что хотела. Его. Его лицо во время страсти, его слова во время ласк, его прикосновения как морские волны. Да. Поистине любовь — это божественное состояние, и ничто, ничто его не заменит, даже творчество. Природа знает, что делает.

Тем не менее жизнь катилась своим чередом и по своим законам.

Лара была замужем. И муж приехал в Коктебель, чтобы провести с семьей первый месяц лета.

Муж — довольно модный художник Борис Харламов, приземистый, похожий на молодого бычка. Не толстый, но широкий, с приятным крестьянским лицом.

Орфей откликнулся стихами на это событие. Он написал: «Я люблю тебя с сыном-ангелочком, я люблю тебя с мужем-бугаечком».

Муж приехал весьма некстати, в эпицентре романа жены. Остановить запретную любовь было невозможно, так же как остановить руками несущийся поезд.

Художник все быстро понял, но уехать сразу не пожелал. Он сопровождал на море своего сыночка, ходил прямо, с остановившимся, непроницаемым лицом.

Все исподтишка наблюдали, но не злорадствовали. Скорее сочувствовали.

Я сидела на пляже, делала вид, что ничего не происходит, угощала Алешу и его папу мытой черешней.

Лара привычно входила в море, а Борис смотрел на ее прекрасную спину, и его глаза наливались ужасом, поскольку это богатство крадут у него среди бела дня и украдут окончательно.

Через неделю художник решил уехать и потребовал от Лары, чтобы и она уехала тоже. Но Лара не согласилась. Харламов уехал один. Лара испытала большое облегчение, как будто сбросила с себя мешок картошки. Легкая и свободная, она ринулась к Орфею, задыхаясь от страсти.

Я сказала ей: «Дура».

Она ответила: «Пусть».

Ее можно понять. И меня можно понять. Для меня жизнь важнее любви. А для Лары — любовь важнее жизни.

Я не согласилась бы лезть под купол цирка без страховки. А Лара полезла.

Июнь закончился. Мы вернулись в Москву.

Орфей попал в больницу. У него было воспаление сердечной сумки. Я слышала про такое первый раз в жизни.

Лара позвонила ко мне и попросила сходить вместе с ней в больницу. Нужна была вторая барышня, чтобы окружающие не поняли, кто есть кто. Может быть, это я — возлюбленная поэта и навещаю его в больнице. А Лара — не при делах.

Я в свою очередь попросила своего мужа, чтобы он отвез нас на машине, потому что больница находилась у черта на рогах.

Мы втроем прибыли в больницу, вошли в палату. Орфей был доволен. Он любил публику. Он хотел прокатить на нас свои новые стихи.

Мы слушали и не заметили, как прошло время. За окном стало смеркаться. Дома оставалась наша маленькая дочь. Мы не имели права бросать ее на ночь глядя, обрушивать такой стресс на детскую психику. Но перебивать поэта и вскакивать как ошпаренные мы тоже не решались.

Орфей читал до тех пор, пока не заглянула молоденькая медсестра и не сказала, что посторонним надо покинуть помещение.

Орфей тут же заинтересовался медсестрой, пошел с ней на пост и стал поражать ее своим талантом, завоевывать новые территории. Про нас он забыл. А мы остались в палате и ждали, чтобы попрощаться. Неудобно было уходить по-английски.

Все кончилось тем, что наша дочка, не дождавшись нашего возвращения, с воем выбежала из квартиры и помчалась в соседний подъезд к своей подружке Гаянэ. Армянская бабушка впустила ее, накормила и уложила спать рядом с Гаянэ. Другого места не было.

Мы вернулись в свой пустой дом. Где искать ребенка — неясно. Это была тревожная ночь. Мы с мужем откровенно не понимали: как мы могли так поддаться поэтическому гипнозу, что забыли о главном? Ничего главнее, чем ребенок, не было ни в моей жизни, ни в его.

В конце концов все обошлось. Мы забрали свою дочку из чужого гостеприимного дома, вели ее сонную и озябшую по двору. И мне среди прочих откровений стало ясно, что Орфей — человек опасный. Лучше с ним не соприкасаться, хотя он ни в чем не виноват.

Мы сами виноваты, могли бы встать и уйти, нас никто не держал. И все-таки держал: его талант, власть таланта над душой.

Мне стало неспокойно за Лару. Ларе придется заплатить. За что? За то, что она полюбила. Сама. Никто не велел. «Никто не велел», как поется в песне. Орфей ни в чем не виноват. Он ее не соблазнял, ничего не обещал. Где-то за кадром реально существовала его жена.

То, что его полюбила самая красивая женщина июня, — это для него совершенно нормально, как температура воздуха за окном. У него даже существовал термин «сексуальный туризм». Лара — еще одна страна, в которую он заглянул. Незабываемые впечатления, но впереди новый маршрут. А что впереди у Лары?

От Лары долго не было известий. Я хотела позвонить ей, но она позвонила сама.

— Меня Борька бросил, — сообщила Лара.

— Ужас, — сказала я. Хотела добавить: «Я тебе говорила», но какой смысл в моей дальновидности?

— У меня к тебе просьба.

— Давай, — разрешила я.

— Ты не могла бы помирить нас с Борькой?

— Каким образом?

— Скажи ему, чтобы он меня не бросал. Я не могу жить одна. Я не умею.

— А Орфей где? — спросила я, хотя понимала, что вопрос пустой. Где может быть звезда? Везде и нигде.

— Ты найдешь слова, ты умеешь, — попросила Лара.

Кто может отказать в такой ситуации?

— Ну ладно, я попробую, — согласилась я.

— Он к маме ушел. Запиши телефон.

Я записала.

Борис Харламов легко согласился встретиться и побеседовать.

— Можно по телефону, — предложила я.

— Ну зачем же? Приезжайте ко мне в мастерскую. Я покажу вам свои новые работы.

«При чем тут новые работы?» — подумала я, но возражать не стала. Все-таки разговор серьезный и очень важный для Лары. Практически судьбоносный. Я должна заглянуть Борису в глаза, взять их в плен и развернуть в другую сторону.

Мало ли что бывает в жизни? Наташа Ростова тоже чуть не сбежала с Анатолем Курагиным, потом раскаялась. Можно сказать, прокляла каждую минуту и еще больше полюбила князя Андрея.

166

Князь Андрей простил. И Борис должен простить. Обида — это амбиции, не более. Если любишь женщину, надо переступить через себя во имя любви. Иначе получается: женщина тонет, а мужчина стоит на берегу и обижается. И вместо того, чтобы протянуть руку, прячет ее за спину.

Переступить через себя способна только полноценная личность. А на обиженных воду возят.

Я продумала тему разговора, идею, систему доказательств. Буквально «Апрельские тезисы». Следовало только все запомнить и ничего не пропустить. Я готовилась к встрече как к вступительному экзамену. От результатов зависела жизнь Лары, не больше и не меньше.

Я понимала Лару. Она была совершенно лишена расчета. Жила на инстинктах, как кошка. Не умела врать, притворяться, смотреть на три шага вперед. При этом не могла жить одна, как птенец, выпавший из гнезда.

Необходимо было поднять птенца и положить обратно в гнездо, в тепло и любовь.

Мастерская художника оказалась огромной, как ангар, сюда можно было загнать самолет.

Половина помещения была заставлена картинами: холсты без рам.

Сам Борис Харламов выглядел совершенно иначе, чем в Коктебеле. В Коктебеле он смотрелся, как третий лишний, вызывал сочувствие и легкое презрение. А на своей территории он был уместен и почти красив. Толстый свитер ручной вязки. Длинные промытые волосы, крупные, немножко бараньи глаза. Но главное — картины.

Я плохо разбираюсь в живописи, но здесь и разбираться не надо. Хочется просто смотреть, и все. Смотришь, и в душе что-то прорастает. Что именно? Какая-то вселенская гармония. Надежда на счастье…

Борис Харламов любил рисовать зверей, преимущественно кошек. Все они были похожи на Лару глазами и грацией.

Сама Лара тоже была повсюду рядом с Алешей, как Мадонна с младенцем.

Я воочию увидела, чем являлась для Бориса его семья. Это святое. Икона. Чувство было чистым, как колодезная вода.

А что сделала Лара? Она отпила несколько глотков из ведра, а остальное выплеснула на землю.

Я поняла: разговор будет труднее, чем я предполагала. Как можно собрать воду с земли и вернуть в ведро? Никак. Это невозможно.

В центре мастерской стоял дощатый длинный стол безо всякого покрытия. Просто чистые, шлифованные доски. Борис поставил на стол картошку в мундире, квашеную капустку, селедочку, хлеб и водку. Сервировка была походная: граненые стаканы, тяжелые фаянсовые тарелки, алюминиевые вилки.

Борис почистил мне пару картофелин. Разлил водку и провозгласил:

— За встречу!

Я выпила пару глотков и стала есть угощение. Не знаю, в чем дело, но давно мне не было так вкусно. Восхитительно. Картошка — горячая, желтомясая, деревенская. Селедка поверх хлеба — нежная, малосольная, с морским привкусом. Все во мне ликовало от вкусового наслаждения, а может быть, я просто проголодалась.

Было как-то странно, что мы, практически незнакомые люди, встретились как друзья или родственники. Я ведь не за этим пришла. Надо было как-то начинать, но во мне стоял тормоз.

— Надо поговорить. — Я поставила стакан на стол.

— О чем?

— О Ларе.

Борис остановил меня жестом руки. Это был запрещающий жест. Он поднял ладонь, соединил в кружок большой и указательный пальцы и приказал:

— Об этом мы говорить не будем!

— Но...

— Не будем! — повторил Борис, отсекая всякую возможность.

— Зачем же я ехала?

— Посмотреть мои работы.

Борис вышел из-за стола и стал выносить холсты, натянутые на подрамники. Я смотрела растерянно и соображала: как бы мне все-таки озвучить свои «Апрельские тезисы»? Потом поняла: никак. Ситуация затвердела, как гипс. Обратного хода нет.

Я стала смотреть картины. Борис наблюдал за моими реакциями.

— Хотите, сходим вместе на выставку? — спросил он.

— На какую выставку? — удивилась я.

— Концептуалистов. В частном доме.

— Может, все-таки поговорим... — Я решила поторговаться.

— О Ларе мы говорить не будем, я уже сказал. А вот вы мне нравитесь. Я еще в Коктебеле на вас обратил внимание. Хотел позвонить, но стеснялся. А тут вы сами объявились. Значит, на то воля Божия, ничего случайного не бывает.

Я удивилась. Что-то я не заметила в Коктебеле его интереса. Мне казалось, он вообще ничего не замечает, кроме своей трагедии.

— Ну так как насчет выставки? Может быть, в среду?

А что я скажу Ларе? Она послала меня налаживать свою жизнь, а я пришла и подсунула себя. Это как-то подло.

Ко всему прочему, я была замужем. Моя любовь с мужем износилась до дыр, пора было ее выбросить. Но любовь моей дочки с отцом была такая яростная, такая на века, что растащить их было нереально и преступно. Я не могла быть счастливой на слезах своего ребенка. Лучше ничего.

Я до сих пор не знаю, правильна ли моя позиция: лучше ничего. В конце концов, меня ведь тоже родила мама для счастья. У меня ведь тоже одна жизнь и одна молодость.

Плюс к тому доверие Лары. Она позвонит мне сегодня, спросит: «Ну как?» — а я отвечу: «Мы с твоим мужем в среду идем на выставку концептуалистов». Представляю себе, что она почувствует: любовник бросил, муж бросил, подруга предала... Что после этого? Только ложка яду.

— Я не пойду, — ответила я Борису.

— Почему? Вам не интересно?

— Какая разница? Не пойду, и все.

— Да, действительно. Разницы никакой, — согласился Борис.

Он протянул мне маленькую картину величиной с тетрадь.

— На память, — объяснил он.

На картине был изображен баран с большими удивленными глазами. Морда барана каким-то образом совпадала с лицом Бориса. Они были похожи, как братья. Те же глаза. Выражение.

Я поняла, что это автопортрет.

Когда я вернулась домой, мне навстречу выплеснулся телефонный звонок. Я догадалась, что это Лара.

И это была Лара.

— Ну? — мрачно спросила она. — Была?

— Была.

— Говорили?

— Нет. Он отказался.

— Совсем?

— Совсем.

— Да... Он упертый. Если что решил, его танком не свернешь.

Мы помолчали. Что тут скажешь?

— Что делать? — спросила Лара.

— Жить.

— Как?

— Утром встанешь, прими душ. Потом свари кофе.

— Это, по-твоему, жизнь?

— Да. Это будет другая жизнь. Без Бориса. Но это жизнь.

— Я не смогу.

— Сможешь. Не ты первая, не ты последняя.

Лара молчала. Примеривала на себя новую одинокую жизнь, как одиночную камеру.

Прошло три года.

Я узнала, что Лара заболела. Видимо, в ней что-то хрустнуло.

Врачи настаивали на немедленной операции, но Лара не доверяла врачам. Она предпочитала нетрадиционную медицину. Полетела на самолете в Бурятию, там жил знаменитый травник. Он дал ей мешок сухой травы, велел заваривать и пить. Лара вернулась в Москву с мешком. Она пила целебную траву каждый день, до тошноты. Была ли какая-то польза, неясно, но основная болезнь развивалась стремительно и в какой-то момент стала необратимой. Впереди стояла смерть и ласково смотрела на Лару, как хозяйка, встречающая нового гостя.

Лара исхудала, кожа и кости, но была по-прежнему красива. Лицо меньше, глаза синее.

Алеша не отходил от нее ни на шаг и как-то мгновенно превратился из восьмилетнего мальчика во взрослого человека. Серьезный, ответственный, преданный, он не уставал и не хотел никакой помощи. Дороже мамы у него не было никого, и никакая нагрузка не в тягость.

На похороны я не ходила, потому что мне не сообщили. Я, конечно, понимаю, что смерть — дело житейское. Она завершает любую жизнь, но ранняя смерть — это месть судьбы. Такая смерть сушит сердце.

Борис Харламов эмигрировал и жил в другой стране. Он бежал от воспоминаний, вырвал себя из тех мест, «где я страдал, где я любил, где сердце я похоронил».

эпилог

Борис Харламов живет в эмиграции, процветает, его картины стоят бешеных денег. Он, конечно, набрал возраст, но таланты старыми не бывают.

Алеша переехал к отцу и сделал интересную и большую карьеру. Какую именно — не знаю.

Орфей живет в Канаде и время от времени появляется в Москве. Выступает на телевидении. Читает свои новые стихи. Глаза горят, как у городского сумасшедшего, в углах рта вскипает пена, как у верблюда. Молодые его не особенно знают. Слава Орфея позади, она переместилась в прошлое, в культурный слой, а сверху другая жизнь.

Сейчас поэт в России — меньше чем поэт. Время другое. И Орфей другой.

Картина Бориса Харламова до сих пор висит у меня на стене. И странное дело, куда бы я ни передвинулась, баран провожает меня глазами. Я часто думаю: а если бы я согласилась тогда пойти с Борисом на выставку? Что было бы? Мы посмотрели бы выставку, потом он увлек бы меня в свою мастерскую, у нас вспыхнул бы кратковременный роман. Борис, жаждущий реванша на любовном фронте, выдрал бы меня из семьи, быстро женился, и я укатила бы с ним в эмиграцию. И сейчас жила бы на берегу чистого озера, ела свежую, только утром пойманную рыбу, родила бы еще двоих детей — сына и дочку и жила долго-долго, не ведая, что такое старость. Возможно, в тот далекий день судьба кинула мне веревку, чтобы вытащить из болота в чистые воды. А я не догадалась. Не ухватилась. Сказала: не надо…

портрет в интерьере

Каждый год я отдыхаю в Италии, в местечке, которое называется Абано-Терме. Это недалеко от города Падуя. Итальянцы произносят — Падова, а мы — Падуя. Почему? Не понятно.

Абано — маленький городок, состоящий из отелей и магазинов. В этом месте из-под земли бьют термальные ключи с температурой семьдесят градусов. Их остужают до тридцати четырех градусов и посылают по трубам. При каждом отеле бассейн. И в этот бассейн мы погружаем свои бренные тела. Считается, что термальная вода лечит суставы и позвоночник.

Входишь в тугую, тяжелую, теплую воду, температура воды равна температуре тела. Тело не сопротивляется, а приемлет каждой клеточкой. Счастье — вот оно!

Вокруг бассейна ходит бармен Пабло в белом пиджаке, намекая на бокал с шампанским за отдельную плату. Пабло постоянно улыбается, так положено. В конце дня у него болят скулы. В отеле вся обслуга улыбается, им за это платят.

Главное в отеле — респект и релакс. Отдыхающие должны чувствовать себя как в раю. Никакого напряжения, только положительные эмоции.

Когда выходишь из отеля и гуляешь по улицам — все то же самое: респект и релакс. Прохожие улыбаются, хотя за это им никто не платит. Просто радуются жизни — здесь и сейчас.

Я вспомнила, как великий итальянец Федерико Феллини двадцать пять лет назад сказал мне: «Итальянцы — беспечные, как дети. Их совершенно не заботит внешний долг».

Не знаю, как там дела с долгами, но и сейчас их ничего не заботит. Южный народ. Много солнца. А солнце — это жизнь.

Тогда, двадцать пять лет назад, был Рим и тоже лето.

Федерико был одет в теплую рубашку, под ней майка. Видимо, он мерз. Возраст.

Это было двадцать пять лет назад. Обычно добавляют слова: «А кажется, будто вчера». Нет. Мне не кажется. Это было давно.

Поколение Феллини ушло. Мое поколение не спеша бредет к финишу. Но мы еще шелестим. Любим жизнь. Путешествуем.

Я иду по улочке Абано. Захожу в лавочку, где торгуют очками. Хозяйку зовут Альба. Альба — фигуристая и зубастая. У нее тонкая талия и крупные белые зубы. Она не знает ни единого слова по-русски. Для итальянцев Россия — примерно то же самое, что Африка. Я знаю по-итальянски три слова: «спасибо», «пожалуйста», «сколько стоит?». Еще я знаю «мольто бене», в переводе — «очень хорошо».

И вот я с пятью словами и она без единого начинаем общаться. В ход идут мимика, жесты, интуиция, и каким-то непостижимым образом она рассказывает мне свою жизнь: муж умер, она — вдова с двумя детьми, перспективы на счастье — ноль.

Я не соглашаюсь, мне удается возразить: Альба — красавица, перспективы очень высокие. Все будет хорошо.

Альба выбирает мне самые красивые очки и нарядный футляр для очков: оранжевый в белую полоску. Подумав, добавляет еще один: золотой в крапинку.

За что? За надежду.

Я говорю: «Грацие» — и ухожу в прекрасном настроении. Расслабленная и уверенная в себе.

Релакс и респект.

По центральной улочке Абано идет молодая женщина без штанов.

Я вижу ее со спины. На ней легкая кофточка и абсолютно голый зад. Некрасивый. Широкий, квадратный, как чемодан.

Я приближаюсь. Нет, я ошиблась. Девушка в брюках, но они белые, тончайшие и просвечивают на сто процентов. Ну, может быть, на девяносто восемь. Все-таки видны швы по бокам и в середине.

Зачем она надела такие брюки? Чтобы понравиться, ясное дело.

Я обогнала девушку, посмотрела с лицевой стороны. Щекастая, в прыщах. Глазки мелкие, голубенькие. Реснички белые, поросячьи. Некрасивая, да еще и с голым задом.

Захотелось подойти и сказать: «Иди в отель, прикройся. Надень другие брюки».

На каком языке сказать? Естественно, на русском. Девушка явно русская. Приехала в Италию искать свое счастье.

Предположим, я подойду и скажу: «Поди переоденься». А она спросит: «А твое какое дело? Тебе-то что?» — и будет права. У меня своя дорога, у нее своя. Кто я ей? Кто она мне?

Я посмотрела еще раз.

Лицо у нее молодое, и прыщи молодые, гормональные. Выражение насупленное, загнанное, она явно стесняется себя. Не свободна. Не счастлива. Не беспечна, как это бывает в молодости, когда все по барабану и весь мир твой.

Я обогнала ее и пошла дальше.

В природе то же самое, что и среди людей. Есть красивые звери — тигр, например. Тигр — шедевр Создателя: гибкий, пластичный, желтоглазый. А есть некрасивые — носороги. Носорог — это свинья, неповоротливая, тяжелая да еще и с рогом на носу. Сплошное уродство. Природе одинаково угодны красивые и некрасивые. Все пригодятся.

Может быть, эта, с широкими бедрами, нарожает дюжину здоровых детей и умножит человеческий род. Не последнее дело. И в личной жизни есть преимущества. Она будет благодарна любой самой малой радости, и из маленьких радостей сложится большая счастливая жизнь.

А красивые носятся со своей красотой, как с козырной картой, и постоянно торгуются с судьбой. Боятся прогадать.

Как сказал Константин Симонов: «Красота, как станция, минует». Минует обязательно.

«Так что иди и не парься», — сказала я себе. И пошла себе.

Впереди — вход в мой отель «Дуэ Торри», в переводе — «Две башни».

Здесь, куда ни пойдешь, все близко.

Бармен Пабло привел в отель своего сыночка. Мальчику четыре года. Ангел. Вылитый Пабло, и к бабке не ходи, — есть такое выражение. Видимо, в старые времена, когда мужчина сомневался в отцовстве, он шел к бабке. Сейчас существует анализ ДНК. Это точнее, чем бабка.

Пабло привел сыночка в свой выходной, так как в рабочее время ему бы никто не позволил отвлекаться от основной работы. А Пабло захотелось похвастать своим богатством перед публикой отеля.

Мальчика зовут Джованни. Он бегает, носится, энергию некуда девать. Мы, кучка отдыхающих, стоим и вежливо улыбаемся: какой милый шалун.

Надо в это время видеть Пабло. Это его поздний, единственный ребенок. Он от него «тащится», как сейчас говорят. Лицо растянуто в улыбке, и Пабло не может его собрать. Это лицо ликует.

Все стоят и вежливо пережидают. Действительно, мальчик — очарование, Пабло прекрасен в своем отцовстве.

Я вспомнила его служебную улыбку, похожую на гримасу: губы растянуты, глаза холодные. Иногда, когда никого нет вокруг, можно не улыбаться, Пабло расслабляется. Улыбка стерта. Зубы за губами, как положено. Его лицо на какое-то время становится суровым.

Он устал. Трудно притворяться восемь часов подряд. Трудно улыбаться, когда не хочется. А сейчас — хочется. И трудно не улыбаться, когда хочется. Счастье рвется наружу, долетает до нас, и мы невольно заражаемся его настроением. Счастье — заразно, как и несчастье.

На рецепцию пришла работать новая девушка, Камилла. Итальянка со знанием русского языка, поскольку половина отеля — русские. Камилла окончила в Риме университет, отделение славистики. Защищала диплом по моим рассказам.

Я не удивляюсь. Я так давно в литературе, что уже стала предметом изучения, как Гончаров.

Камилла увидела в списке отдыхающих мое имя, и ее глаза от удивления стали круглыми как колеса.

— Виктория — гранде скритторе! — завопила она и помчалась по отелю с этой радостной вестью.

Забежала в ресторан, кинулась к Фаусто. Фаусто — главный распорядитель ресторанного зала. Он руководит официантами, он знает, кого куда посадить: русских — в один зал, итальянцев — в другой. Русских он тоже фасует на первый сорт и второй. Те, кто дает хорошие чаевые, — это первый сорт, их он сажает к окошку, с видом на сад. А второй сорт — в середину зала. Пусть скажут «спасибо» и за это.

Я все время путала его имя, называла Мефисто, хотя он Фаусто.

Камилла налетела на Фаусто с криком:

— Синьора Виктория — гранде скритторе!

Фаусто заморгал глазами: какая Виктория? Вот эта, малозаметная, в старушечьей кофте?

Замечу: кофта дорогая и не старушечья, а очень модная. Просто итальянцы одеваются иначе. К ужину они выходят обязательно в черном и в бриллиантах, при этом натуральных.

Я могла бы себе купить черное, но в черном я похожа на осетинку в трауре. Черный цвет я не переношу. Это цвет космоса, пустоты, смерти. Белый цвет разлагается на семь цветов радуги, а черный не разлагается ни на что. Это конец. Недаром квадрат Малевича — черный. Что касается бриллиантов, я могла бы себе купить искусственный диамант величиной с пуговицу, ценой полтора евро, но ведь это заметно. Подделка тем и отличается, что бросается в глаза. А натурального бриллианта, кольца например, у меня никогда не было и не будет. Я воспринимаю свои руки как рабочий инструмент.

Завтрак и обед — в разных помещениях. Завтрак подавали на первом этаже в скромной обстановке. А обед — в ресторане, который располагался на нулевом этаже, — торжественный, бело-хрустальный.

На завтрак разрешалось прийти в халате, а в ресторан — недопустимо. Форма одежды для ресторана — «элеганто».

Я не сразу поняла разницу и приперлась на обед в халате. Прямо с бассейна — в ресторанный зал.

Фаусто состроил зверское лицо и погнал меня энергично, как козу с чужого огорода, только хворостины не хватало. Он даже прихлопывал руками, — я боялась, что он ударит меня по спине или даст пинком под зад.

Ужас… В респектабельный зал ввалилась тетка в халате, как корова или, точнее, как свинья. Корова не подходит по размерам, а свинья вполне.

Я не обиделась. Удалилась восвояси, осознав свой просчет. Пошла в номер и переоделась, как подобает, в итальянские одежды, купленные здесь же, за углом.

— Гранде скритторе! — щебечет Камилла с испуганным лицом и хлопает ресницами.

Фаусто догадывается, что вот та корова в халате и есть почетный гость, гранде скритторе.

Я вхожу в зал, ничего не могу понять. Фаусто пересаживает меня на самое лучшее место. Обслуживает лично. Спрашивает по-русски:

— Пармезан чуть-чуть?

— Пармезан много-много, — уточняю я. — Гранде пармезан.

Я не понимаю перемены, но как-то очень быстро привыкаю к новому Фаусто.

К хорошему вообще привыкаешь быстро, а отвыкаешь медленно и мучительно.

Мы с Фаусто подружились.

Он поведал мне, что ему шестьдесят лет и уже пора на пенсию, но он так врос в этот отель, а отель в него, что не может представить своей жизни без работы. Рассказал, что у него две дочери и назвал имена. Я, естественно, не запомнила.

Каждый день к обеду Фаусто ставил на мой стол блюдо с манго. На шведском столе манго не было. Видимо, Фаусто доставал его откуда-то из загашника. По блату.

Я сижу возле окошка в углу, как старая собака, смотрю из-под тяжелых век и понимаю больше, чем надо.

У Грибоедова есть строчки: «Желаю вам дремать в неведеньи счастливом».

Неведенье — это действительно составная счастья. Это легче, чем быть всезнающей, как змея.

Но последнее — уже не про меня. Я не всезнающая и тем более не змея. Змея — высокая, стройная и ядовитая. Но разговор не обо мне. А если и обо мне, то чуть-чуть. Портрет в интерьере.

Я забыла сказать, что отправляюсь в Италию с одной и той же любимой подругой Сонечкой. У нас с ней нет никаких противопоказаний, мы легко и счастливо переносим общество друг друга. Иногда даже поем от избытка чувств.

Сонечка — тихая, умная, со стержнем. Она долгое время работала главным врачом больницы (сейчас заведует отделением кардиологии). Лечила, бегала, распоряжалась. Без стержня в таком деле невозможно.

Сонечка свой стержень прячет, а ум и доброту спрятать невозможно. Они видны за версту.

В Москве у меня есть знакомая Рая с тяжелым характером. Она постоянно ищет врагов и находит. А когда враги кончаются и негде брать, Рая выискивает их среди близких родственников и тоже находит. О ней говорят: сумасшедшая. Может быть. Но ее конфликты и выбросы всегда кончаются для нее прибылью. Она скандалит, вымогает и в результате получает все что хочет. Рая — сумасшедшая в свою пользу.

А Сонечка — маленькая, как птичка, носится по курортному городку, выискивая подарки для коллег. Коллег у нее — человек двадцать, все терапевтическое отделение. Сонечка подбирает им подарки — практичные и красивые. Чтобы служили и радовали глаз.

Кончается тем, что она ухлопывает на подарки все свои деньги, а себе покупает только бесцветную помаду в аптеке.

Я говорю ей:

— Сумасшедшая…

Она виновато таращит большие глаза и оправдывается:

— Но ведь так радостно дарить… Давать приятнее, чем брать. Разве нет? Я не права?

Конечно же права. Это нормально. Но норма стала такой редкостью, а патология — такой нормой…

Сонечку интересует все: концерты, экскурсии. А я на экскурсиях засыпаю, поскольку они после обеда и совпадают по времени с послеобеденным сном.

Я засыпаю прямо в машине и храплю, как вертолет, летящий низко.

Сонечке жалко меня будить, и она уходит с экскурсоводом смотреть замки, соборы с витражами. Для меня все эти соборы слились в один. Я не вижу разницы.

Сонечка с экскурсоводом возвращаются через какое-то время, и мы едем обратно. Когда подъезжаем к отелю, я просыпаюсь — отдохнувшая и просветленная.

Пабло приносит нам кофе. Сонечке эспрессо, а мне капучино. Жизнь удалась!

Но все-таки мне запомнился древний замок на холме, а к нему лестница вверх — зашарпанная и раздолбанная. И это понятно: ей триста лет как минимум. Лестница длинная, чуть ли не полкилометра, упирается буквально в небо. Я спросила у экскурсовода:

— А почему такая запущенная лестница?

— А кто будет ремонтировать? — в свою очередь спросил экскурсовод. — Надо, чтобы кто-то купил в собственность. Но никто не покупает. Здесь ремонт обойдется дороже, чем покупка.

«Ну прямо как у нас в России», — подумала я. Представила себе, как по бесконечной лестнице шли богатые дамы и подметали подолами ступени.

Мы идеализируем прошлое. Нам кажется: «что пройдет, то будет мило». Представляется, что тогда все било ярким фонтаном, а сейчас — труба пониже и коптит.

Все всегда бывает в равных пропорциях: и тогда и теперь.

Я запомнила фрески Джотто в Падуе. Каким-то образом понимаешь, что это — гениально.

Что такое талант вообще? Это дополнительная энергия, которая ищет выхода.

И находит. Энергия чужого таланта распространяется и на меня. Я ее чувствую. Гениальность — несколько другое. Гений — проводник между Создателем и людьми. Создатель через гения передает свои послания.

Я стою перед фресками Джотто и через семьсот лет принимаю сигнал.

Обед. На моем столе на большом блюде лежит очищенное и порезанное манго, как лепестки огня. Я ела этот фрукт когда-то на Кубе. В Москве его вкуса не знают. То, что приходит в Москву, зреет по дороге и не дозревает, а как-то бездарно твердеет. Есть бессмысленно: ни вкуса ни запаха. А настоящее, созревшее на южном солнце, истекающее соком манго... рассказать невозможно, как невозможно рассказать музыку.

Я догадалась, почему Фаусто ко мне расположился. Вовсе не потому, что я гранде скритторе. А потому, что я смиренно покинула зал, когда он выметал меня каленой метлой. Я не обижалась, не огрызалась, не протестовала, а просто покорно испарилась, втянув голову в плечи. Я понимала: порядок есть порядок и Фаусто ни в чем не виноват. Следить за порядком — его работа, и он добросовестно ее выполняет. За это его не выпроваживают на пенсию, ждут, когда сам уйдет и освободит поляну. Молодая смена уже дышит ему в затылок. Официанты в отеле — все рослые, стройные, без животов. Подбирают таких, на кого приятно смотреть. А постояльцам отеля приятнее смотреть на цветение, чем на увядание.

В отеле появилось новое лицо. Хочется добавить: дама с собачкой. Нет. Без собачки. Просто дама. Высокая, стройная, модная, элегантная, старая. Под девяносто. А может, и под сто.

Фаусто посадил ее рядом со мной, за соседний столик.

Она напомнила мне Софи Лорен, которая недавно приезжала в Москву: откровенно старая и откровенно красивая. Видны не только следы красоты, но и сама красота.

Я назвала свою соседку Белладонна. «Белла» — прекрасная, «донна» — женщина, а вместе — лекарство, не помню от чего.

Я рассмотрела ее наряд. Юбка до колен. Колени — распухшие, артрозные, больные. Ей довольно трудно на них ходить, но прятать под брюками или длинной юбкой она не собирается. Что есть, то есть. Короткий пиджачок в талию, и ярко-синяя сумка с изображением черепа, исполненного стразами. Я углядела фирму — сумка дорогущая. Старушка богатая и хипповая. Седые волосы с оттенком старого серебра. Специальный оттеночный шампунь. Косметика сдержанная, духи пахнут морозцем. Я знаю этот запах. Не туалетная вода, нет. Это именно духи фирмы «Герлен». Они продаются в сиреневом флаконе с пробкой. Когда-то мне привезли их из Парижа. С тех пор у меня мечта: купить такие духи. В Москве они есть. Стоят тысячу евро. Здесь не меньше.

Белладонна — крутая. Хочется добавить «старуха», но это слово не вяжется с ней. Дама. Но и дама не годится. Девушка-бабушка. Вне возраста.

Она изучает меню, потом откладывает его в сторону и ждет официанта. Смотрит в зал.

Глаза большие, серые. Взгляд спокойный, бесстрастный. Ей ничего ни от кого не надо. У нее все есть. У Белладонны маленькое будущее, но большое и яркое прошлое. Плюс деньги. Она живет сегодня и сейчас. Ничего не планирует. Лечит колени.

Есть ли в моей стране такие девушки-бабушки? У нас, у русских, имеет место дискриминация старостью. Если ты старый — ступай на помоечку. Помалкивай. Тебя никто не слушает. Твой опыт никому не интересен. Каждый человек набирает свой опыт, чужой ему не нужен. Все отжившее — некрасиво, увядший букет воняет. Когда-то букет украшал и радовал, а сейчас — на помоечку. Все имеет свой срок.

Белладонна не имеет срока. Сидит старая, красивая и независимая. К ней подходит официант, принимает заказ. Белладонна общается с официантом уважительно и спокойно. Официант отходит, ему все ясно.

Белладонна игнорирует свою старость. Живет как молодая, за некоторыми вычетами: отсутствуют бег с препятствиями и любовники. И то неизвестно.

А есть у нас такие? Есть. В моем дачном поселке проживает вдова Зиновия Гердта — абсолютная «белладонна»: высокая, стройная, старая. Возраст не скрывает, а, наоборот, выпячивает. Удивляет. И все удивляются: как? не может быть... А вот может быть.

И Окуневская была из этой серии. Отправилась в восемьдесят восемь лет делать подтяжку. Сделала и умерла. Но в гробу выглядела на пятьдесят. А именно этого она и добивалась (я имею в виду возраст, а не гроб).

Как изменилось время... Я вспоминаю свою бабушку Ульяну. Она побывала в оккупации, и немец ударил ее винтовкой по голове. Парализовало. Лежачий образ жизни. Какие стразы? Какие духи «Герлен»?

Однако, если вспомнить Любовь Орлову, она тоже «белладонна». Просто не дожила до своих девяносто.

Белладонна поймала мой взгляд и задержалась на мне глазами. Потом отвела довольно быстро. Интересно, что она подумала? Я догадываюсь. Она подумала: русская, не итальянка. Бедные итальянки на термальные воды не ездят, а богатые итальянки толстыми не бывают.

Еще она могла подумать: какая милая, какое спокойное лицо, какой умный взгляд, на нее хочется смотреть и смотреть...

На другой день я поехала в Падую и купила себе синюю сумку. Без черепа. С мелкими дырочками. Но цвет — один в один: яркий, радостный, летний. Я ношу ее четыре времени года. Никто не смотрит. Какая кому разница? Духи покупать не стала. Подожду, когда кто-нибудь подарит. Хотя вряд ли...

Мы с Сонечкой часто гуляем по городу. Заходим в кафе. В городе цена за кофе в два раза ниже, чем в отеле.

К нам подошла незнакомая девушка, по виду молдаванка, приехала на заработки. Услышала русскую речь и захотела поговорить на русском языке. Соскучилась.

— Вы очень хорошо одеты, — сказала она Сонечке. — А вам надо купить кардиган.

— У меня есть, — сухо ответила я. А про себя подумала: «Тоже мне... ложкомойка. Будет советы давать...»

— Купите еще один, — продолжала девушка, — пусть будет два.

— У меня есть два. А вы откуда, вообще?

— Я из Милана. Мы с Анджело путешествуем. Анджело! — позвала она.

Подошел Анджело. Как говорили в моем детстве: урод, в жопе ноги. (А где еще быть ногам?)

Анджело сел на соседнее кресло. Он не понимал по-русски, и это было очень удобно. Можно свободно говорить о чем угодно в его присутствии.

— Это ваш муж? — спросила я девушку.

— Я работала у него по хозяйству. Готовка, стирка, а потом он прибавил сексуальные услуги.

— За отдельные деньги? — спросила я.

— Сейчас у нас общие деньги.

— То есть его деньги — ваши, — догадалась я.

— Ну да, он вдовец. Сейчас на пенсии. А раньше был спортсмен. И жена спортсменка.

Я посмотрела на Анджело. Старый, грустный, отсутствующий. Трудно было представить его спортсменом, который борется за первое место.

— А какой спорт? — спросила я.

— Прыжки в высоту. С шестом. А жена бегала на короткие дистанции. Она умерла.

— Давно? — спросила я.

— Год назад. Ей было пятьдесят семь лет.

— Короткая дистанция, — вздохнула я.

Анджело что-то почувствовал и стал прислушиваться, глядя на меня.

— Вы скучаете по жене? — спросила я по-французски.

Анджело понял. Как-то весь преобразился. Ожил, что ли.

— Спасибо за вопрос, — поблагодарил он. — Я скучаю по жене. Но если точнее, я с ней не расстаюсь. Нет ни одного дня, ни одной минуты, чтобы мы были врозь.

Мы с Анджело говорили по-французски, теперь нас никто не понимал.

— Что он говорит? — обеспокоенно спросила девушка.

— Так... — не ответила я. — Ничего особенного.

Мы заказали кофе и пили молча. Но это не было молча. Анджело как будто продолжал беседовать со мной. Нас было трое: он, я и жена.

Девушка тихо переговаривалась с Сонечкой. Мы не мешали друг другу.

У меня пропали из номера бусы. Черный жемчуг.

Я очень любила эту тяжелую жемчужную нитку. Она была длинная, сизая, как голубиное крыло, легко надевалась прямо через голову. Не надо было ковыряться с мелким замком.

Бусы удобные, подходили к любому наряду на все случаи жизни.

Пропали. Я заплакала.

Сонечка позвонила на рецепцию. Строго задала вопрос. Там спросили: кто дежурил? Откуда я знаю? Я этих горничных и в глаза не видела. Они появляются, когда в номере никого нет, делают свою работу и исчезают, как привидения. Непохоже, чтобы горничные воровали. Отель — пять звезд. Городок маленький, найти работу практически невозможно. Кто будет рисковать из-за нитки выращенного жемчуга?

Я погоревала и быстро успокоилась. У меня полная шкатулка украшений. Выкручусь. Не одно, так другое. Я вообще имею способность очень быстро успокаиваться, поскольку горевать долго — бессмысленно, все равно ничего не изменится.

Прошел год.

Я снова приехала в Абано-Терме и снова отправилась по магазинам. Шопинг — это маленькая жизнь и большое удовольствие. Первым делом я иду в бутик «Марина Ринальди». Только эта фирма шьет на все человеческие размеры. Мой размер — не самый последний, и это рождает во мне смутную надежду непонятно на что.

В бутике работают милые итальянки, очень приветливые. Они радуются приходу покупателей. Полное впечатление, что тебя ждут. Более того, ждут только тебя.

Я открыла дверь и вошла. Продавщица Летиция осветилась лицом, буквально вспыхнула от радости. Проговорила: «Моменто» — и исчезла на пару минут. И снова возникла. С ее пальцев свисала моя черная нитка бус. Оказывается, я ее забыла здесь год назад. Никто не украл. Просто я вошла в примерочную, повесила бусы на крючок, померила то, что хотела, и ушла. А бусы остались. И Летиция их сохранила. Она не знала, окажусь я здесь еще когда-нибудь или нет, и все-таки сберегла.

А почему не взяла себе? Они ей не понравились? Или у них не принято присваивать находки? Или в Италии этого барахла полно...

Я приняла бусы, буквально потрясенная. На моих глазах появились слезы. Это такое счастье, когда к тебе возвращается утерянная вещь, а вместе с ней вера в человечество.

Я смотрела на Летицию как на посланника свыше, который прощал меня за что-то и возвращал утраченное.

Летиция легким галопом вынесла мне кашемировый кардиган моего размера (удлиненная кофта, кто не знает).

Кардиган мне не нужен, но я его купила, чтобы сделать Летиции приятное. Отщипнуть от своей радости. Пришлось заплатить немалые деньги. Это называется: жертвоприношение.

Я бываю в Абано каждый год. И всякий раз встречаю группу русских адвокатов. Я называю их «адвокатки». Это пять женщин, которые организовали свое бюро. Процветают и отдыхают в Италии. Среди них есть и мужчины, но существенной роли они не играют. Заглавную партию исполняют женщины. Мужчины исключительно для размножения.

Адвокатки сидят в ресторане за одним большим столом. Им весело, они постоянно смеются, но не ржут. Ведут себя как воспитанные люди.

По вечерам они вовлекают меня в свою компанию. Может быть, им хочется меня послушать. Но мне интересно слушать их.

Самой говорить тоже хочется — потребность прокатить себя на новой аудитории и просто «поиграть словами». Но их общение — это что-то «отдельное», как говорил Бабель, а именно: игра ума, способность к анализу, юмор. Я наслаждаюсь. Я испытываю гордость за своих соотечественников и слегка завидую. Чему? Дружбе. Они спаяны, как пальцы в кулак. Каждая сама по себе, а вместе — единое целое.

Дружба — это защита, ни с чем не сравнимая. Заболеешь — вытащат, постареешь — не заметят, ошибешься — простят. Умрешь — похоронят и будут навещать.

Можно быть спокойной всегда, в любые времена, во всех ситуациях и даже на том свете.

Им «свезло», как говорится. Не потому, что фирма процветает, не потому, что они каждый год купаются в термальных водах. Нет. Потому, что они есть друг у друга и их невозможно разъединить, как пальцы на руке. Каждый палец для чего-то нужен. И каждый палец — разный и по-своему красив.

Мы с Сонечкой — два пальца. Это не кулак. Это — коза. Двумя пальцами делают козу. А тремя — фигу.

К адвокаткам приехал их итальянский друг Антонио, сокращенно Тони.

Знакомство завязалось десять лет назад. Адвокатки помогали Тони усыновить ребенка из московского дома малютки.

Была выбрана милая девочка Анечка трех лет. Ее родители нелепо погибли в автомобильной катастрофе.

Тони с женой пришли в учреждение забирать Анечку, и в этот момент к Тони подошла незнакомая девочка с челкой и, глядя на Тони снизу вверх, проговорила: «Ты мой папа».

У Тони что-то перевернулось в душе. Он не смог сказать «нет». Не смог, и все. Он сказал: «Да, я твой папа».

Девочка вложила свою ручку в его руку и застыла рядом.

— Я ее забираю, — решительно произнес Тони. — Я беру двоих.

К Тони кинулись работники дома малютки: врач, директор, воспитатели. Стали хором отговаривать: у нее плохая наследственность, психические отклонения, от осины не растут апельсины. Зачем вам такая морока? Будете мучиться всю жизнь. Подумайте сами: кто сдает своих детей в дом малютки? Только алкоголики и проститутки.

— Я забираю двоих, — настаивал Тони.

Жена Тони — милая и скромная Моника — не возражала.

Действительно, вдвоем девочкам будет веселее, легче адаптироваться в незнакомой среде. Общий русский язык.

Моника поддержала мужа.

Оформление прошло быстро. Адвокатки знали свое дело.

С тех пор минуло пятнадцать лет. За это время у Тони и Моники родилась своя общая девочка. Так часто бывает: когда усыновляют сироту, Бог дает своего ребенка. Благодарит таким образом.

Каждый раз, когда адвокатки приезжали в Италию, они звонили Тони в Милан, и он их навещал в отеле «Дуэ Торри».

В этот раз Тони приехал с женой Моникой, любовницей Беатриче и старшей дочкой Катей — той самой, с плохой наследственностью.

Тони привозил прекрасное вино, оно украшало застолье.

Меня и Сонечку пригласили в компанию. Я присоединилась и с интересом рассматривала присутствующих.

Катя — абсолютная итальянка, никаких отклонений не замечалось. Юная девушка в коротковатых брючках, так модно, и в пиджачке цвета фуксии (темно-розовый). Любо-дорого смотреть. Она кое-что понимала по-русски, но участия в разговоре не принимала. Просто слушала.

Я смотрела на нее и думала: вот что значит судьба. Останься Катя в доме малютки, перешла бы дальше в детский дом (вариант тюрьмы), а потом государство выкидывает этих детей из детского дома на произвол судьбы и они пополняют криминал.

Катя поводила головкой на длинной шейке, рассматривала окружающую действительность.

Мы сидели перед отелем, сдвинув вместе два столика. Небо над нами начинало быть сиреневым. День клонился к вечеру, но еще светло. Как женщина в пятьдесят лет: еще красивая, но впереди — мало. Сад перед отелем — абсолютно райский. Все виды цветочков, все варианты кустов и улыбающийся Пабло с подносом, в белом пиджаке.

Моника и Беатриче — сочетание для русских странное. Наши никогда не объединяют жену и любовницу. Стараются тщательно развести, чтобы жена ничего не знала про любовницу и даже не догадывалась. А тут — сидят за одним столом.

Объяснение этому имеется. Беатриче — не просто любовница, но еще и переводчица. Она прекрасно говорит по-русски, с легким акцентом. Как латышка, например. Акцент есть, но он не мешает.

Без Беатриче не обойтись. Она необходима.

Я сравниваю этих двух женщин. Они нравятся мне обе. Беатриче моложе, чем жена, на пятнадцать лет. Беатриче — двадцать пять, Монике — сорок. Двадцать пять, конечно, лучше, но за спиной Моники — трое детей, а это серьезный перевес в ее пользу.

Адвокатки рассказывали, что у Тони и Беатриче три года назад вспыхнул роман невероятной силы. Буквально ураган «Оскар». Семья закачалась. Тони хотел уйти из дома, но устоял. Я думаю, не последнюю роль сыграла Катя, которая однажды вложила свою ручку в его руку. И Тони не посмел отбросить эту доверчивую руку.

Моника победила. Беатриче утерлась, что называется, но не перестала любить Тони. Может быть, на что-то надеялась. Напрасно. Ураган «Оскар» улетел в другую галактику.

Я не знаю, чем Тони занимается, но это не имеет никакого значения. Тони знает самый короткий путь к сердцу и знает, как там зацепиться. Войти и остаться.

Я смотрю на двух женщин и думаю: на чьем бы месте я предпочла оказаться? На месте жены или любовницы? Жене досталась его надежность, а любовнице — страсть. Что лучше? Не знаю. Страсть проходит, а надежность — нет. Однако страсть повеселее.

Но вообще-то я не смогла бы вот так спокойно пребывать в присутствии соперницы. Мужем не делятся. А эти две сидят, ведут себя политкорректно, как будто так и надо. Со стороны ничего не заметно.

Они неуловимо похожи: темноволосые, но не черные, тихие, сдержанные, интеллигентные. Видимо, это его сексуальный тип.

Считается, что мир спасет красота. Не согласна. Мир спасет ум и здравый смысл. Моника и Беатриче призвали весь свой ум и здравый смысл. Можно, конечно, вскочить и перебить всю посуду, помчаться в бар, там напиться и переколотить весь бар, бросив бутылку в витрину. И что изменится? Ничего. Только придется заплатить огромный штраф за материальный ущерб. А все остальное останется как было. Поэтому Моника улыбается, как Пабло на работе, а Беатриче переводит с легким акцентом, как латышка.

Я пью превосходное вино, и райский сад вокруг медленно погружается в сумерки.

еда

Не могу миновать эту тему.

Еда — это главное информационное поле. Человек с едой получает информацию Земли и Солнца. Например, помидор. Земляника. Они находятся близко к земле, вдыхают в себя саму землю и напитываются солнцем. И не только помидоры с земляникой. Все овощи и фрукты.

Яблоки — приподняты над землей, но это не меняет дела. Яблоня все равно пьет корнями соки земли. Все остальное доделывает солнце.

Еда — одно из главных наслаждений человека, поскольку поддерживает инстинкт самосохранения. Говорят, еда — секс пожилых людей. Грубо, но справедливо.

Итальянцы понимают толк в еде. Французы — тоже. Немцы — попроще. У них главное блюдо — отварное колено и сосиски. Тоже очень вкусно, когда голодный. Непередаваемо прекрасна грузинская кухня, вся в орехах и травах. Однако перейдем к отелю «Дуэ Торри».

Обед начинается со шведского стола. Столов несколько. На одном — дары моря, на другом — все овощи, существующие в природе. На третьем — травы всех цветов и оттенков. На четвертом — фрукты и ягоды. На пятом — сыры. На отдельно стоящем — торты и пирожные.

Я не буду перечислять ассортимент, иначе мой рассказ превратится в меню. Скажу только, что я предпочитаю. Я кладу на свою тарелку: спаржу, цикорий, осьминога, каракатицу, траву рукколу. Больше на тарелку не помещается.

С тарелкой иду к своему столу. Я заметила: у итальянцев на тарелке минимум — веточка петрушки, звездочка морковки. На тарелке моих соотечественников — высокий холм, где навалено одно поверх другого.

Невольно вспоминается анекдот: на приеме возле шведского стола встретились русский и американец. У американца тарелка практически пуста. У русского — гора. Русский доверительно говорит американцу: «Вон там, в углу, — икра». — «Я не хочу», — отвечает американец. «Ты меня не понял, икра…» — «Спасибо, я сыт. Я когда хочу — ем, а когда не хочу — не ем». — «Ну ты прямо как животное», — поражается русский.

Я не как животное. Я ем, даже когда не хочу. Как можно отказаться от такой скатерти-самобранки?

Садимся за стол. Открываем красивую карту на русском языке.

Я не буду перечислять, что предлагается. Отмечу то, что меня поразило: конина на гриле.

Я не представляю себе, как можно есть лошадь — такое разумное и красивое создание природы. Это все равно что есть соседей и друзей. Но я не вегетарианка. Я заказала медальоны конины.

Конина похожа на мясо косули, которое я пробовала два раза в жизни. Один раз в Париже, другой — в Казахастане. В Казахстане, кстати, я ела и колбасу из конины. Теперь придется объяснять, каково мясо косули… Похоже на говядину, но мясо коровы жесткое и скучное, а у косули мягкое и само устремляется внутрь.

Однажды в меню была предложена тушеная треска. Я заказала из любопытства. Гадость. Это свое впечатление я поведала официанту Денису. Денис из Молдавии. Понимает по-русски.

— Интересно, — сказал Денис. — Все иностранцы в восторге, а все русские плюются.

Наверное, для русских треска — рутина. Ее полно в России. Это довольно дешевая, сухая рыба.

Больше я треску не заказывала, да ее и не предлагали. Возможно, в итальянские воды треска заплывает редко.

Довольно часто в меню стоит рыба сибас. Денис подвозит ее на катящемся столике, на блестящем блюде под овальной крышкой. Крышка сияет, как НЛО. Далее начинается представление, как в цирке. Денис широким жестом сдергивает крышку и принимается колдовать над рыбой. Четким движением отсекает голову и хвост, потом отделяет брюшко. Далее с рыбьего позвонка снимается пластина филе, перемещается на тарелку. Лежит белая, свежая, пахнущая морем, йодом, здоровьем и долголетием. Эту рыбу только утром выловили и утром же привезли. И она еще была в сознании, хоть ничего не соображала. У рыбы мозг маленький, ей необязательно соображать. А может, я ошибаюсь, может, она лежит и думает: «Я хорошо жила, плавала куда хотела, а теперь хорошо умираю. Меня съедят в красивом ресторане под красивую музыку…»

В углу ресторана стоит рояль, на нем кто-то тихо играет. Музыка есть и нет. Хочешь слушать — пожалуйста. Не хочешь — музыка незаметна, не бьет по ушам.

После обеда итальянцы едят сыр.

Я всегда беру рокфор и горгондзолу — это вонючие сыры. Они продаются и в Москве, но в Москве они редко бывают свежими. А когда вонючий, да еще и несвежий — это слишком. Жить будешь, но радости не получишь.

С фруктового стола я, как правило, беру папайю. Говорят, Фидель Кастро посылал ее Брежневу самолетами. Это чудодейственно полезный продукт, не скажу, чтобы вкусный. Дыня лучше. Дыня лежит здесь же, всех видов. Ананас уложен золотыми кольцами — спелый, истекающий ароматным соком.

В Москве тоже все это продается — и папайя, и ананас, и авокадо, и манго. Но в Москве все неспелое, просто похоже внешне. А когда все это зреет на южном солнце, наливается спелостью, дозревает до нужной кондиции… можно не продолжать.

Россия — северная страна. Это так. Зато у нас свои преимущества. Например, у нас потрясающие оперные басы, а в Италии их нет. В Италии — преимущественно тенора. У нас теноров меньше. Сказывается недостаток солнца.

На десерт Денис предлагает мороженое с пьяной вишней. Это вишня, вымоченная в коньяке.

Всё! Больше я не рассказываю о еде. Это невозможно читать на голодный желудок.

В ресторане появилась семья из Украины. Муж — шестьдесят лет. Жена — тридцать. Ребенок — пять лет, весьма перекормленный и практически неуправляемый. Он прыгает в бассейн прямо с берега, обрушиваясь на головы, поднимая фонтаны брызг.

Старухи немеют от ужаса. В старости особенно ценят жизнь.

Мальчик весит килограммов пятьдесят и летит с ускорением, как снаряд. Получить такое на голову — и полный паралич обеспечен. Будешь лежать как рыба сибас перед разделкой.

Мальчик в восторге от брызг и от своих впечатлений. Родители тоже в восторге от настроения своего отпрыска. Они победно оглядывают окружающих, как бы приглашая всех порадоваться. Но никто не радуется. Родителям это непонятно. Как можно не восхищаться такой полноценной семьей: папаша — богатый, мальчик — активный, женщина — супер-экстра-класс. Она выходит к ужину в разных нарядах. Например, в платье с глубоким вырезом на спине. Спина обнажена до копчика. Под такое «декольте» нельзя надевать трусы, они будут видны. Значит, мадам — без трусов. Браво. Иногда она появляется в платье с вырезом впереди. Вырез до пупа. Под такой разрез лифчик не надевают. Упругие груди свободно гуляют, будоража воображение.

В термальных водах, как правило, лечат суставы, поэтому основной контингент отдыхающих — от семидесяти до ста. Декольте хохлушки будоражит воображение старичков, и это имеет терапевтическое воздействие, поднимает жизненный тонус. Позиция мужа нейтральна — пусть делает что хочет. Она годится ему в дочки. Он так ее и воспринимает: любовно-снисходительно.

Ее «элеганто» никому не мешает. Мешает другое: она гоняет официанта Дениса по десять раз за ужин. То ей пережарено, то недожарено. Она недовольна соусом: просила белый соус, а ей принесли красный. Просила сливочный, а ей принесли томатный. Она требует вызвать начальство. Приходит Фаусто и выслушивает ее претензии, склонив седую голову. Клиент всегда прав. Он платит за питание и проживание и оставляет в отеле немалые деньги. Можно потерпеть. Но… В России официант — обслуга, на него можно орать, если хочется. А в Италии официант — это работа. Такая же, как любая другая. Как пианист, например. Или гранде скритторе. Официант работает в полную силу, носится по залу, как фигурист на льду, и орать на него не принято. И даже странно.

Хохлушка этого не знает. Орет. Фаусто слушает, но для себя принимает решение: эту троицу в отель больше не пускать, отправлять в другой отель. Пусть там показывают свой нрав и свои части тела.

У Куприна я читала: «Только шестерки унижают шестерок». Интеллигентный человек никогда не унизится до крика и не унизит другого.

Денис устал от хохлушки. Подошел ко мне подавленный. Принес десерт.

— По-моему, она проститутка, — тихо предполагаю я.

— Фаусто тоже так считает, — кивает головой Денис. — Их больше сюда не пустят.

Я ем десерт и не понимаю: что ей не нравится? Может быть, она видела отели по десять звезд и этот пятизвездочный отель кажется ей бомжатником? Хотя вряд ли. Скорее всего, она видела пыльные кабины дальнобойщиков, а потом срубила богатого дурака... Может, и не дурака. Каждый получил то, что хотел. Он — наследника. Она — статус жены. Флаг им в руки. Но за державу обидно.

Как сказано в одном фильме: «Такие, как ты, позорят нацию».

К адвокаткам приехали очередные гости, муж и жена. Он — неопределенной национальности, для белого — слишком темен, для черного — слишком светлокожий. Она — победительница конкурса красоты в каком-то году. Кажется, лет десять назад.

Они всегда опаздывают к ужину. Адвокатки их ждут и бесятся, поскольку опоздание — разновидность неуважения.

Королева красоты появляется к концу ужина в платье, расшитом драгоценными камнями. Платье тяжелое. Весит килограммов тридцать. Косметика — тщательная. Видимо, на подготовку к выходу у нее уходит несколько часов.

Ее появление не остается незамеченным итальянскими мужчинами. Они вскакивают со своих мест, всплескивают руками и восклицают:

— О-о-о! Перфекто!

Наша королева сдержанно улыбается. А ее мужчина идет сзади, неестественно держа голову.

Адвокатки рассказали по секрету: он упал с лошади головой вперед и сломал себе шею. В Германии ему заменили два позвонка. Он испытывает невыносимые боли. Еще адвокатки сказали, что он неправдоподобно богат. Его кошелек величиной с небоскреб.

Я смотрю на них со своего места. Интересно, а как они занимаются любовью? Через тернии к звездам, через страдания к радости?

Он сломал себе шею из-за денег. Не было бы денег — не было бы и лошади, и никуда бы он не скакал. Вывод прост: богатые тоже плачут. И как...

По вечерам танцы.

Итальянцы танцуют с упоением. И с мастерством. Оказывается, многие берут уроки. Танцы — это полезно, своего рода гимнастика, но не такая скучная.

В больших городах пожилые люди собираются в клубах и танцуют.

Я обратила внимание на старика: благородная лысина, красивая кофта с черепаховыми пуговицами. Он обнимает даму за талию, и они начинают мелко-мелко перебирать ногами, но не оттого, что не умеют танцевать, а наоборот. Высшая степень мастерства. Им бы на сцене выступать. В правительственном концерте.

Рисунок танца выверен — чувствуется, что они танцуют вместе давно, слаженная пара. И чувствуется, что они любят танцевать. И любят, чтобы на них смотрели. Это естественно. Актер ведь не играет сам себе. Ему нужны сцена и зритель.

Фаусто тихо сказал мне, что танцоры — научные работники, семейная пара. У жены рак. Она уже прошла химию и облучение. Они приезжают регулярно два раза в год.

Профессорская пара танцевала каждый танец. Не пропускала ни одного.

Жена седая, моложавая, маленькая. На лице — никакой печали. Нет и фальшивой радости. Просто танцуют. Ей нравится. Муж нежно обнимает ее тонкую спину. Иногда чуть заметно целует ее в голову. Она не реагирует. Привыкла. Люди любят друг друга.

На другой день в бассейне я подошла к профессору и выразила ему свое восхищение. Сказала:

— Вы прекрасно танцуете.

Он бегло глянул на меня и не ответил. Отошел. Наверное, решил, что я к нему пристаю.

Русские тоже танцуют. Обращает на себя внимание некая Анфиса. Она занимается туристическим бизнесом. Предпочитает отель «Дуэ Торри», поскольку здесь самое разумное сочетание цены и предоставляемых услуг. Анфиса — русская красавица, без натяжки. Лицо, фигура — все кричит: «Люби меня!» Ее и любят, но не ТЕ. Она никак не может найти себе подходящего мужа или хотя бы партнера. То, что вплывает в ее сети, — не годится. Она выкидывает мелочь обратно в море жизни.

В Москве у нее двадцатипятилетний сын и годовалая внучка. Так что «молодая была не молода». Но она действительно хороша и справедливо надеется на личное счастье.

Анфиса танцует, загребая ногами как руками. Полное впечатление, что она загоняет стройного итальянца в свой сачок.

Одевается Анфиса интересно и дорого. Очевидно, что ее туристический бизнес процветает.

Со мной здоровается надменно. Еще бы… Кто я? «Старушка не спеша дорожку перешла». А она — амазонка на сверкающем коне за пять минут до победы.

Сегодня — показ мод. Между колонн ходят манекенщицы, мало похожие на обитателей Земли. Вытянутые — как гуманоиды. И с такими же глазами. Интересно, где рождаются такие человеческие особи? Хотела бы я быть такой?

Однажды я спросила у своей маленькой внучки: «Ты бы хотела, чтобы я стала вдруг молодая и красивая блондинка?» Внучка насупилась, потом сказала: «Нет. Лучше так».

Наука идет вперед, и настанет время, когда можно будет поменять тело, сохранив прежнюю личность.

Кто-то захочет. А кто-то — нет.

После показа мод — танцы. Живая музыка. У микрофона певица — вся в черном и блестящем. Южные народы любят черное.

Танцуют все: Антонио со своей приемной дочкой Катей, Беатриче с Моникой. Танцует украинская троица, ребенок скачет тут же у всех под ногами, сшибая официантов с подносами.

Фаусто пригласил королеву красоты. Они прекрасны.

Анфиса вцепилась в очередную жертву и, похоже, не выпустит. Худосочный итальяшка не сможет противостоять да и не хочет. Он обнимает настоящую славянскую красоту и не верит глазам своим и рукам своим.

Профессорская пара мелко и искусно семенит ногами.

Адвокатки образовали круг, наподобие греческого сиртаки. Пляшут слаженно, синхронно, как будто репетировали. Сонечку затащили в центр круга, и она неожиданно для всех выделывает крендели под цыганочку. Вот тебе и Сонечка. В ней и начальница, и цыганочка. Но одно другому не мешает.

Меня пригласил кошелек с неподвижной шеей. Я танцую с ним медленно и осторожно, и это устраивает нас обоих.

Белладонна не танцует.

Она сидит за столиком с бокалом шампанского. Над хрустальным краем ее серые глаза. Она видит больше, чем все.

Отдыхающие вертятся под музыку среди колонн. А под их ногами медленно вертится Земля вокруг своей оси. Земля сделает несколько оборотов и стряхнет всех танцующих в неведомую бездну, в другое время и пространство. А на освободившееся место тут же набегут новые и так же будут крутиться под музыку и хотеть любви.

очерки

осеннее настроение

В молодые годы я работала учительницей в музыкальной школе, и для меня началом года был именно сентябрь. Новый год начинался не первого января, а первого сентября. Да и в некоторых религиях новый год начинается именно с сентября. Это можно понять: сбор урожая, созревание плодов, свадьбы. Подведение итогов.

Лето кончилось. Каким бы оно ни было, но лето — это солнце, тепло, рай, «это маленькая жизнь», как поет Олег Митяев. Однако многие не выносят жару. Осенью легче дышать, осенью приятнее гулять, богаче краски. «В багрец и золото одетые леса». Красота иная, чем летом. Разница такая же, как между юностью и зрелостью. Не старость, нет. Старость — это зима. А осень — именно зрелость, насыщенность.

Кровососущие, комары и мошки, закончили свой жизненный цикл, выполнили свою программу размножения и убрались восвояси. Без них тоже гораздо спокойнее человеку: никто не мельтешит, не зудит, не жалит. Ночью, когда комар на бреющем полете кружит над лицом, звук напоминает войну.

Японцы не боятся смерти и считают ее главной встречей.

Несколько дней назад умер мой сосед. Он поехал на Арбат проголосовать за мэра Москвы. Опустил бюллетень, вышел на улицу и умер за несколько секунд. Он, наверное, не заметил, что умер. И продолжал идти по Арбату где-то за чертой.

Мне хочется сказать о нем несколько слов. Виктор Матвеевич Горшков. Он был поэт, геолог, муж моей подруги писательницы Анны Масс плюс дед Мазай. Дед Мазай спасал зайцев от наводнения. Пересаживал их в свою лодку. Виктор Горшков спасал тех, кто не мог без него обойтись. К нему тянулись гастарбайтеры, он давал им свои рабочие инструменты: лопаты, лом, молоток, электропилу-болгарку. Рабочий люд — таджики, армяне, белорусы приезжали на заработки с голыми руками. Не поедут же они с лопатой и молотком. Все это находилось у Виктора Матвеевича. Он сочувствовал униженным и оскорбленным. Он их уважал. Они смотрели на него с благодарностью. И Виктор Горшков в свою очередь питался их благодарным светом.

На нашей улице живет брошенная всеми больная старушка. Виктор каждый день носил ей супчик в кастрюльке. Я встретила его с этой кастрюлькой и сказала:

— А вот ко мне не придешь...

— Я приду ко всем, кому я нужен, — ответил он.

Его смерть была легкой. Судьба как бы поблагодарила его за красивую нравственную жизнь.

Завтра похороны. Его будут провожать родные, близкие, а также рабочие из Армении, Таджикистана, Белоруссии. Они будут стоять с суровыми лицами, и древняя культура их народа невольно проявится на лице.

А у моей подруги Татьяны родился внук. От француза. Француз приехал в Россию поработать поваром — и вот вам результат. Ребенка назвали Жан-Жак. Фамилию пожелали оставить свою: Иванов. В сумме Иванов Жан-Жак.

Ребенок — загляденье. Он еще не говорит. Наверное, не знает, с какого языка начать.

Выбрали мэра Москвы. Хорошо это или плохо, будет видно позже. Присоединили

Троицк к Москве. Наш дачный поселок стал Москвой. Вообще-то я хотела жить на даче.

Зачем нужна бесконечная Москва? Может быть, я не права. Хорошо бы мне доказали обратное. Всегда приятно очаровываться. Это лучше, чем разочаровываться. Особенно осенью.

Осень — время надежд. Слабеющие лучи солнца усилят внутреннее тепло. Рыжая осень. Разве можно ее не любить?

Анне Масс приснился сон: ее муж Витя Горшков сидит на крыльце деревянного дома. Дом утопает в высоких травах. Откуда ни возьмись появился их пес Мишка, подбежал к Вите Горшкову и положил лапы ему на плечи. Человек и собака счастливо обнялись. Я забыла добавить, что Мишка умер сразу после Виктора Матвеевича. Без хозяина Мишка не видел смысла жизни. Анна проснулась с просветленным лицом, каким-то образом поверила сну: они вместе и им хорошо.

размышления у непарадного подъезда

Академик Юрий Бузиашвили подарил мне свою книгу. Она называется «Главный помощник врача — пациент».

Книга большая, тяжелая, голубая, с фотографиями. На фотографиях отражен сам Юрий Бузиашвили — очень симпатичный. Глядя на фото, легко представить себе, каким он был в детстве. Я заметила, в талантливых людях всегда виден отсвет детства.

Я повертела книгу в руках. Наверняка она написана для узких специалистов, где один врач делится с другими своими наработками. Чтиво полезное, но скучное. Я не врач, зачем мне эта книга? Но ведь не скажешь человеку «спасибо, не надо». Пришлось взять и даже заглянуть в нее. И что же? Я прочитала книгу в один присест, как «Три мушкетера». На это ушла вся ночь, но я не жалею. Эта книга напитала мою душу, заставила думать. При этом она прекрасно написана — легко и ярко. Я удивилась: Бузиашвили — грузин, а так легко ориентируется в русском языке. Ни одного лишнего слова, а те, что есть, попадают в цель смысла. Я как человек, работающий со словом, очень ценю хороший язык и не могу читать плохие тексты. Для меня это мучительно. Мне кажется, что мои мозги забиваются глиной.

Ткань повествования — это всегда самовыражение. За словами видна человеческая сущность. Юрий Бузиашвили — хороший врач и хороший человек. Это взаимосвязано. Плохой человек не может быть хорошим врачом. Ему до лампочки чужие проблемы. «Вас много, а я один».

Книга заставила меня задуматься над многими проблемами.

Проблема № 1. Страх.

Человек боится смерти. Это самый сильный и самый унизительный страх.

Почему смерть страшна? Потому что там — неизвестность. Мы не знаем и даже не представляем себе — ЧТО ТАМ. Ведь тело остается здесь. Его зарывают или жгут. А все радости жизни связаны именно с телом: еда, любовь, книги, дети.

Что же ТАМ? Только душа. И то неизвестно: есть ли она и в каком виде пребывает? Что это? Шар? Плазмоид? Где она обитает?

У Евгения Шварца (гениальный был человек) я прочитала: «После смерти я перейду в волновое состояние». Значит, душа — это волны. Похоже. Мы, живые, эти волны чувствуем. Когда уходит дорогой нам человек, мы ощущаем его присутствие. Значит, он касается нас своими волнами.

Что такое тот свет? Где он? Существует предположение: он там, где мы. Среди нас. Но он невидим. Другое время и пространство, для нас недостижимое. В нашем языке и нашем понимании нет таких слов, которые бы объяснили ТО время и ТО пространство.

Может быть, на том свете хорошо. Ничего не болит. Но как не хочется расставаться со своим любимым телом. Хочется длить и длить земную жизнь…

Представьте себе: мы не боимся смерти, мы знаем, что смерть — благо и, как считают буддисты, смерть — это всё сначала. Опять родишься, опять любишь, опять молодость, опять расцвет. В случае потери страха человек перестает ценить жизнь, исчезает инстинкт самосохранения, увеличивается число самоубийств. Поэтому страх смерти нужен человеку. Он заставляет ценить жизнь и дорожить жизнью.

Академик Юрий Бузиашвили в своей книге подсказывает, что надо делать, как себя вести, чтобы раньше времени «не откинуть копыта», продлить свою жизнь хотя бы на десять-пятнадцать лет. Но все равно этого так мало... Мало любви, путешествий, знаний. Хочется еще, еще и еще...

Проблема № 2. Лечение.

Все богатые и даже не очень богатые устремляются лечиться за границу. В Германию, например. В Израиль. В Америку. Там медицина более совершенна и больше доверия врачам, что самое главное.

Приведу собственный пример.

В 94-м году я сломала ногу, лодыжку, и попала в городскую больницу. Врач мне попался этнический немец. Я решила: раз немец — сделает хорошо. Но этнические немцы поселились в России еще при Петре и за двести лет сильно обрусели, переняли русское отношение к труду. Этот врач сложил мне перелом на глазок и заковал в гипс, велел ходить на костылях два месяца. Через два месяца выяснилось, что нога срослась неправильно, ее надо ломать и перекладывать по-новой. Это называется «реконструкция стопы». Я хотела плюнуть этому немцу в рожу. Но какой смысл? Ну, плюнула, и что дальше? Ничего не изменится.

Я поехала в Швейцарию, и врач по фамилии Верли мастерски реконструировал мне стопу. И сказал: «Бьен алле». Это значит: прошло хорошо. И действительно, все обошлось. Мои ноги работают одинаково. Но так бывает не всегда. Западные врачи быстро привыкли к тому, что русские, не имеющие страховки, приезжают с полной авоськой валюты и суют живые деньги в жадные руки врачей.

Эти западные врачи ни за что не отвечают. Больной приехал, потом уехал — и с концами. Западные врачи боятся ответственности за своих, а на чужих им плевать. Я знаю, о чем говорю.

Моя знакомая отправилась в Австрию менять клапан на сердце. Ей заменили. Спустя месяц оказалось, что клапан подтекает. Это же не водопроводный клапан, который подтекает. Это сердце. Пришлось снова лететь, снова платить, снова под нож. И никому не стыдно. Никто не извинился. Содрали дополнительные деньги.

А меж тем у нас есть прекрасные хирурги и стоит операция в три раза меньше.

В чем проблема?

Не все больные могут оплатить. Откуда у дяди Васи с кепкой восемь тысяч долларов? Он их и в глаза никогда не видел. Появилось такое слово: «квота». Это значит бесплатно.

Можно сделать операцию бесплатно, но за квотой надо ходить по инстанциям, и пока ходишь по кабинетам — умрешь в пути.

Какой выход? Такой, как в Европе и в Америке. Страховка.

У нас существует страховой полис, но это какая-то фикция типа «ваучер». Нужна реальная, настоящая страховка, как на Западе.

Когда это будет?

Те, кто составляют законы, ездят лечиться на Запад, и им плевать, что будет с дядей Васей в кепке. Или со мной, например. Я нахожусь в том же положении, что и дядя Вася. Вот схватит, и куда соваться? В городскую муниципальную больницу, а там врачи, работающие за копейки. Как им платят, так они и работают. Попадешь к очередному этническому немцу — и «здрасьте, Константин Сергеевич» (имеется в виду Станиславский).

О чем речь?

Пусть в Думе не думают долго, а запустят страховку. Я догадываюсь: за этим стоят многие перемены в здравоохранении. Но проблема стоит того.

Ведь даже Фидель Кастро в своей нищей Кубе наладил первоклассную медицину. Неужели мы не можем? Не хотим. Привыкли за семьдесят лет, что у нас люди — мусор.

Еще один пример.

Мой знакомый поехал в Германию ремонтировать спину. Его запороли. Допустили медицинскую ошибку. Вот тебе и немцы. Не этнические. Современные.

А в нашей стране меж тем есть прекрасные нейрохирурги, работающие на позвоночнике. Зачем надо ехать за тридевять земель, когда под боком собственный талантливый Мышкин? Я не знаю, как его зовут, но это не столь важно. Он тоже не знает, как меня зовут. Ему некогда.

У нас есть прекрасные специалисты. Есть добросовестные, знающие, неравнодушные врачи — тот же Юрий Бузиашвили.

На наших глазах прошла роскошная Олимпиада. Большое впечатление. Пусть теперь по возможности быстро и качественно создадут здравоохранение. Здоровье — разве это не самое главное? Получать удовольствие от любви, от еды, а не переходить в волновое состояние и плавать в виде плазмоидов.

В середине книги — яркие фотографии. Юрий Бузиашвили рядом с Путиным, с Майклом Дебейки — известнейший хирург, кто не знает.

У меня тоже есть фотография рядом с Федерико Феллини. Я ее везде сую. Это не что иное, как комплекс неполноценности, который рядится в комплекс превосходства. Дескать, если я рядом с Феллини, то я тоже не лыком шита. А я и так не лыком шита, и без Феллини. И Юрий Бузиашвили не меньше тех, с кем он рядом.

Больше других мне понравилась его семейная фотография. Потомственные врачи. Каждый — личность. Все всех любят, это заметно. Готовы жизнь отдать один за другого. Вот где сила. Вот где счастье: монолитная семья, где все всех любят.

Мы постоянно ищем национальную идею. А вот она: СЕМЬЯ. Чем не национальная идея?

прорвавшийся еврей

У Александра Ширвиндта есть выражение: прорвавшийся еврей. Имеются в виду евреи, настолько обогатившие культуру, что им позволено быть теми, кто они есть.

— А кто прорвавшийся? — уточнила я.

— Да ты их знаешь: Гафт, Гердт, Плисецкая, Аркадий Райкин, Марк Бернес...

— Альберт Эйнштейн, — добавила я, — Карл Маркс, Зигмунд Фрейд, Чарли Чаплин...

— Долго перечислять, — перебил Александр. — В Израиле выпустили книгу «Знай наших». Там они все...

Дело происходило на Украине. Моя бабушка Ульяна собиралась на ярмарку, а семилетняя мама плакала и упрашивала:

— Возьми меня на ярмарку, я тоже хочу на ярмарку.

— Та шо ты там не бачила? Там ничого такого немае. Жиды торгуют, та и всэ.

— Я хочу жидов побачить, — ныла мама.

— Та шо их бачить? Такие ж люди...

Через десять лет моя мама вышла замуж за еврея по имени Муля и родила от него двух дочерей: меня и сестру.

В хорошие минуты Муля говорил: «Тася, у нас будут талантливые дети».

Слияние двух культур в одном человеке дает потрясающий результат: Окуджава (армянская и грузинская), Сергей Довлатов (еврейская и армянская), Алексей Герман, Андрей Тарковский, Высоцкий.

Дальше можно не перечислять, понятно, что я имею в виду.

Владимир Любаров. Еврейская бабушка Соня (библейская красавица) плюс русская мама, тоже красавица.

В России всегда был государственный антисемитизм. При царе — черта оседлости и погромы. При Сталине — затевалось «дело врачей». Это было начало большого погрома, но Сталин умер, слава богу. Однако антисемитизм стоял, как пар над кастрюлей. Дина Рубина пишет: «Все стеснялись своего еврейства, как застарелого триппера». Прятали как могли. Меняли отчества, меняли национальность (как правило, на украинскую).

Владимир Любаров не прячет свою вторую кровь, просто констатирует факт: да, так. Без оценки.

Но все-таки скорее — хорошо. Глубоко. Весело. Это я. Это моя часть, моя культура.

Любаров пишет циклы «Еврейское счастье» и «Местечко».

Его евреи с откровенно семитскими чертами, с «жидовскими рожами». Но как любит... Сколько тепла, иронии, родства. На картине «Семья» у него даже корова еврейка, тот же затуманенный взгляд. И им всем очень хорошо вместе: жене, которая доит, мужу, который ест пирожок, и корове.

Семья — вот главная ценность еврея. Семья и вера. Еврейская женщина восходит к Богу через мужа. Для нее семья — святое.

Исаак Башевис-Зингер получил Нобелевскую премию за свои книги, написанные на идиш. У него то же местечко, что у Любарова. Те же евреи, те же ценности.

Меня поразила картина «Поющие». Стоят пять уродцев с большими плоскими лицами и ртами, разинутыми в форме «о». Но они поют!!! Я не только вижу, я слышу. Воздух вокруг них дрожит. Они поют слаженно и прекрасно. Как это можно нарисовать? Это надо чтобы твоей рукой водил Создатель.

Еврейские женщины, равно как бабы из Перемилово, — толстые, белые, молодые и желанные. Чувствуется, что Любаров их любит и вожделеет. Красота не имеет национальности. Они ему нравятся. И мне нравятся. Они прекрасны — чисты и наивны. А гламурные худые в сравнении с ними — помойка. Вот что делает Любаров своей кистью. И на деревенских из Перемилово, и на евреев из местечка хочется смотреть, смотреть, смотреть, и хочется заплакать «от любви и печали». Вот что делает Любаров.

Особой статьей идут его комментарии. Это короткие рассказы в стиле Довлатова. Это литература.

Сам Любаров так не считает. Он думает, что это просто так, литературные зарисовки. Я считаю по-другому. Это — именно литература, в том же стиле, что и живопись.

Любаров смотрит на мир так, будто ему протерли глаза. Как будто только ему дана возможность переоткрыть природу и суть людей.

У Довлатова есть рассказ, не помню его названия. В рассказе жена утром дает Довлатову рубль и посылает за постным маслом. Он возвращается ночью, без денег, без масла, с синяком под глазом. Жена спрашивает:
— Чем это тебя?
— Ботинком.

— А ты что, валялся на земле?

— А почему бы и нет...

Смешно? Смешно. Страшно? Страшно.

Примерно то же самое в рассказе Любарова «Коля и Надя» — про своих соседей.

Надя — алкашка, при этом Любаров никогда ее так не называет. Он деликатно замечает, что «выпивать в любых дозах здоровье
вполне еще позволяло. Надя... наводила ма-
рафет, взбивала парадным коком свою хи-
мическую завивку и алой помадой красила
губы... Приняв на грудь, Надя всем игриво
подмигивала, намекая, вероятно, что она —
женщина с богатым прошлым».

Смешно? Смешно. Страшно? Страшно.

А кончили они «неважнецки». Дом их
сгорел. Коля надорвался и умер. Надя
в подпитии замерзла. Но на пепелище их
сгоревшего дома вырос на редкость густой
орешник, так что новые дачники Перемилово и предположить не могут, что всего
несколько лет назад здесь стоял дом,
а в доме обитали люди по фамилии Малы-
шевы.

Грустно? Грустно. Светло? Светло.

Владимир Любаров не делает дистанции
между соседями и собой, хотя они — ал-
каши, а он — гениальный художник.

Любаров всех объединяет в своей душе —
русских и евреев, алкашей и гениев. И в са-

мом деле: каждого человека есть за что пожалеть и есть за что полюбить.

Для еврея важная составляющая его жизни: вера. Евреи свято соблюдают религиозные праздники. Каждую неделю они празднуют Субботу. В чем смысл этого праздника, я точно не знаю. Но у меня есть своя версия: однообразное течение жизни должно прерываться праздником. Тогда легче жить. День идет за днем, падает на темя, как капля воды. Можно взбеситься. Но впереди — Суббота. Праздник. Можно и даже нужно ничего не делать.

В картинах «Адам и Ева» и «Субботний день» одни и те же персонажи. Разрешенное безделье, как в раю. Они не просто бездельничают, они живут по правилам Священного Писания.

Любаровские евреи постоянно ищут смысл жизни: холст «Голуби», «Кошерное или трефное», — поскольку искать смысл во всем — это национальная черта евреев. В данном случае они, видимо, размышляют, правильно ли зарезана курица, поскольку курица должна быть непременно кошерной.

Казалось бы, какая разница: как зарезали курицу? Кто это видит? И тем не менее именно благодаря вере евреи выстояли и сохранились, несмотря на вековые гонения, на холокост.

Древние греки и нынешние греки — это совершенно разные биологические особи, у них даже разное строение черепа. А евреи — какие были, такие и остались. Причина? Вера. В Иерусалиме есть целые кварталы верующих евреев, которые только тем и занимаются, что изучают саму Тору и комментарии к ней. Глубочайшее проникновение в истоки, в святая святых.

Любаровские персонажи свято соблюдают все свои праздники: Песах (грызут мацу), Суккот (плетут халы), Шаббат (пьют шаббатное вино).

Московские евреи Тору не читают — это «потерянные дети», как говорит Дина Рубина. Но когда человек трудится не покладая рук, когда он хорошо делает свое дело — это тоже, мне кажется, приобщение к Торе и к высокой вере.

Можно молиться перед Стеной Плача, качаясь, а можно взять холст и краски, «настроить на любовь свое сердце» и почувствовать Бога.

Творчество Любарова — это его молитва, его покаяние и его очищение.

Хочется, чтобы такие художники, как Владимир Любаров, жили всегда. Они просветляют жизнь, и за это им полагается дополнительный талон.

мой портрет

Я познакомилась с Анатолием Зверевым тридцать лет назад. Познакомила нас Полина Лобачевская.

Сначала несколько слов о Полине. Это была сверкающая красавица. Гений чистой красоты. Из тех времен, в которых жил Александр Сергеевич. Как будто взяли книгу судеб, перелистали обратно, открыли в начале XIX века — и Полина сошла со страниц. Она — оттуда. И это заметно: неторопливая дворянская речь, низковатый голос, благородная сдержанность. Никакого мельтешения, никакой суеты.

Полина преподавала во ВГИКе, готовила будущих режиссеров. У нее был глаз-ватерпас. Умела разглядеть талант там, где его практически не было заметно. Полина —

золотоискатель, находила самородок в самой неподходящей почве.

Так она разглядела Анатолия Зверева.

Мы познакомились. Внешне Анатолий — бомж средних лет. Запущенный, некрасивый, в сандалиях на босу ногу. Хорошо, что было лето.

Многие понимали, что Зверев — гений. Как Нико Пиросмани. И такой же неприкаянный. Он был как большой ребенок, не умел о себе позаботиться. Это делала Полина. Она дала ему крышу над головой, еду, одежду.

Зверев жил на природе и писал эту природу. Писал как никто.

Мы познакомились, он сказал:

— Давай я нарисую твой портрет. Купи только краски и кисточку.

За работу он денег не брал. Писал как дышал и не считал нужным брать деньги за воздух, которым дышишь.

Анатолий набросал мой портрет минут за сорок. Я посмотрела. Меня смутил несправедливый второй подбородок. Я сказала:

— Что ты мне нарисовал байду, как у баснописца Крылова?

— Сейчас не будет, — согласился художник и ловко заштриховал лишнее простым карандашом.

Мой портрет висит в моем доме. Глаза как будто набиты слезами. Это был непростой период в моей жизни. Я его скрывала, но Зверев просек своей интуицией.

Однажды он закончил при мне пейзаж: кусок леса. Прозрачные березы, тяжелые лапы елей. Далее Анатолий насыпал в ладонь крупу геркулес и размашистым жестом кинул на свежую картину. Крапинки геркулеса прилипли к краске. И произошло нечто. Геркулес перестал быть крупой. Картина ожила. Дело, конечно, не в геркулесе, а в том свете, которым пронизаны деревья.

Я хорошо разбираюсь в музыке, а в живописи я не разбираюсь. Но я увидела, что передо мной не просто картина. Хотелось повторять: божественно, божественно... И было непонятно — как этот невзрачный мужичок в сандалиях на босу ногу способен сотворить подобное, что проникает в тебя и потрясает. И видно, что это — гениально. Как видно? Не понятно. У гениев свои ходы и заморочки.

Сегодня Зверева нет, а Полина с нами — такая же, как была. Люди из книги судеб не меняются.

Полина создала музей и увековечила гения. Она заботилась о нем живом и теперь заботится о его наследии. И получается, что Анатолий Зверев не исчез. Он с нами, теперь уже с нашими детьми и выросшими внуками.

Я смотрю на свой портрет, вспоминаю то мятежное время и думаю: «Вот дура была…» И у меня повышается настроение. Хорошо, что это время было. И хорошо, что ушло.

как хорошо мы плохо жили

Год назад мне позвонил кинорежиссер из Киева и предложил:

— Напишите вторую серию «Джентльменов удачи».

— Ни в коем случае, — отказалась я.

— Почему?

— Потому что нельзя дважды войти в одну и ту же воду.

— Миллион…

— Чего? — растерялась я.

— Долларов, — уточнил режиссер.

Я помолчала, потом сказала:

— Я посоветуюсь с Данелией.

— Хорошо. Я вам перезвоню.

Я была убеждена, что писать продолжение — плохая идея. Можно сказать, провальная. Но цифра «миллион» меня завораживала. Прежде чем отказаться, надо хорошо подумать.

Я набрала номер Данелии. Он отозвался бодрым голосом.

Я спросила:

— Ты можешь говорить?

— Я сейчас в Севилье, дорогу перехожу.

— На табачной фабрике был?

— Зачем?

— Там Кармен работала.

— Подумаешь... Кто такая Кармен? Проститутка, и все.

— Но ее воспел Проспер Мериме...

— Ладно. Ты чего звонишь?

— Звонили из Киева. Предлагают написать вторую серию «Джентльменов». Обещают миллион.

— Врут, — сказал Данелия. — Ты проверь.

— А как проверить?

— Ладно. Я завтра прилечу, тебе позвоню...

«Джентльмены удачи — 2» предлагал нам еще Савелий Крамаров, сорок лет назад. Он звонил и говорил:

— Виктория, напишите вторую серию. Я вам любое лекарство достану.

Я была молодая, и лекарство мне не требовалось, но мы с Данелией фантазировали на тему продолжения.

Успех фильма был ошеломительный. Мы придумали новую историю с этими же героями. История такова: в Сибири умирает грузин. Сван. Родственники хотят захоронить его в родной земле. Это традиция сванов. Надо привезти из Сибири останки. Нанимают троицу: Хмырь, Косой и Доцент. И те отправляются в далекую Сибирь. По дороге они, естественно, пропивают все деньги. Возвратиться без останков они не могут и крадут скелет в школе, где на каждом позвонке выбит номер, поскольку это — казенное имущество. У Доцента есть мама, Фаина Раневская, интеллигентная еврейка, и так далее, и тому подобное.

Мы фантазировали, смеялись, но писать не стали. Решили, что это не надо делать. Успех трудно повторить, а провалиться не хочется.

Данелия вернулся из Испании. Мы стали прикидывать: можно ли согласиться на предложение киевского режиссера? Миллион долларов сверкал на горизонте и переливался, как северное сияние. И все-таки: НЕТ.

Если взять схему сюжета, то она завершена и полностью исчерпана. Сюжет прост: начальник детского сада пытается перевоспитать преступников добром, трудом и образованием. И это ему удается. Троица: Хмырь, Косой и Василий Алибабаевич меняются и сами сдают Доцента правоохранительным органам. Всё. Здесь ни убавить ни прибавить. Этот сюжет бессмысленно растягивать или перекраивать.

Далее: сейчас другое время, другие тюрьмы и другие детские сады, другая страна и другие авторы. Авторы в тридцать лет и в семьдесят — это разные люди.

Актеры умерли все до одного, включая Василия Алибабаевича. Дело, конечно, не в артистах. Их можно набрать из современных.

Доцент — Ильин. Он прекрасно вписался в нишу Леонова. Или Машков. У Машкова вполне бандитское лицо.

Косой — Антон Шагин, главный герой фильма «Стиляги». Он трогательный и обаятельный. Хмыря тоже можно найти. Но главная составляющая фильма — не сюжет и не актеры. Главное — юмор и доброта.

Юмор — особое свойство ума. Остроумие. Юмор — это мировоззрение. Мои любимые писатели — не юмористы, нет. Юмористы — это хохмачи. Я обожаю вкрапление юмора, когда он пронизывает ткань повествования. Например: Чехов, Александр Володин, Владимир Войнович, Фазиль Искандер, Сергей Довлатов.

Существуют классики — совершенно без юмора: Тургенев, Достоевский, Гончаров, Лев Толстой. Великие писатели. Так что юмор — не обязателен. Можно и без юмора. Однако есть произведения, которые держатся именно на юморе: «Двенадцать стульев», «Золотой теленок» и многие другие.

«Джентльмены удачи» относятся к этой же категории. Фильм держится исключительно на юморе, и это невозможно повторить.

Идея создать «Джентльмены удачи — 2» вызывает во мне волну скепсиса. Если это выйдет на экраны, я смотреть не буду. И Данелия не будет. Неохота расстраиваться.

Недавно мне задали вопрос: какими были бы сегодня герои «Джентльменов», через сорок лет?

Вопрос поставил меня в тупик. Это все равно что спросить: а каким бы стал Буратино в наши дни?

Буратино — деревянный человечек, которого выдумал и выточил папа Карло.

Троица из «Джентльменов» выдумана Данелией и мной. Мы — папы Карло. Таких героев не было ни тогда, ни теперь. Это выдуманные персонажи, далекие от реальности.

Реальные бандиты — в фильме «Бригада». Они воруют, убивают, не дай бог с ними столкнуться в темном переулке. А наши уголовнички — это немножко клоунада, немножко сказка. Они — дураки, в хорошем смысле этого слова. Их жалко, их любишь.

Есть еще один, невидимый, герой фильма — ДОБРОТА. Мы любим нашу троицу, мы им сочувствуем. Мы ни за что не позволили бы себе их убить или покалечить. Пусть живут как умеют.

Сейчас наше телевидение изобилует бандитами и следователями. От этих уголовников содрогаешься, а следователям не веришь.

Я с удовольствием смотрю старое кино, от которого веет нашей прошлой жизнью. В ней было много плохого и даже отвратительного, но была стабильность и отсутствовал цинизм, который захлестывает сегодняшнюю реальность. А когда смотришь «Джентльменов», невольно хочется сказать: как хорошо мы плохо жили.

мороз и солнце

Хочется добавить: день чудесный.

Я смотрю в окно. Береза низко наклонила макушку, образовала арку. Два года назад прошел ледяной дождь и прогнул тонкие деревья. Я помню застывшие ледяные капли, они сверкали как бриллианты. Опасность в том, что дерево может сломаться. Но нет. Корни держат крепко. Гнется, но не ломается.

За калиткой видны чьи-то ноги в тяжелых ботинках. Ноги постояли, потом отошли и снова приблизились.

Кто бы это мог быть? Наверное, таджики ищут работу, например чистить крышу от снега.

Фома замечает меня в окне и смотрит с мольбой. Я вижу, как он постарел, бедный, еле поднимается с земли. У него артроз коленных суставов. Старик есть старик.

Я выхожу на улицу и беру его с собой на прогулку. Фома радостно трюхает рядом со мной. Для него прогулка — счастье. Шквал запахов. Знакомство с новыми собаками, предпочтительно с сучками, и конечно же — служба. Он защищает меня от врагов. В этом его предназначение.

Из-под ворот углового дома — собачий нос и глаза молодой овчарки. Я давно вижу эту одинокую, печальную, острую мордочку. Она скучает. По целым дням сидит за воротами и смотрит на мир через узкую щель. Ее хозяева уехали за границу, и когда приедут — никому не известно, тем более собаке.

Фома подходит к овчарке (это сучка) и целует ее в лицо. Облизывает нос, щеки. Собачья девушка с благодарностью отвечает на приветствие. Все-таки общение, разнообразие, ласка. Пусть ласка идет от старика — это лучше, чем ничего.

Я останавливаюсь и пережидаю. Не тороплю Фому. Пусть молодая овчарка получит свой заряд жизни.

Мы идем дальше.

Фому догоняет соседский кобель Шарфик. Он накидывается на Фому со всей страстью молодости и отвращения. У собак, видимо как и у людей, — дискриминация возрастом. То, что старое, отжило, некрасиво и даже отвратительно — не вызывает уважения. Хочется отбросить, рвать.

Шарфик, ощерив зубы, нападает на Фому. И тут вдруг в Фоме оживают забытые инстинкты. В молодости он был отменный боец. Фома показывает свои клыки и противостоит наглому Шарфику весьма успешно. Лай, крик (имеется в виду — собачий крик), скандал. Они обзывают друг друга, наскакивают, рвут шерсть. Если перевести с собачьего языка на человеческий, то получится такой текст:

Ш а р ф и к. Ты — вонючее старье, и твоя хозяйка в сравнении с моим хозяином — куча сам знаешь чего...

Ф о м а. Я тебе сейчас порву горло, и будешь орать на том свете...

Постепенно скандал затихает, и мы с Фомой двигаемся дальше. Фома ступает, как лев, мягко и вместе с тем уверенно выбрасывая лапы.

Вокруг — зимняя сказка. Березы зависимо гнутся, а елки стоят прямо и гордо.

Через полчаса мы с Фомой возвращаемся. У Фомы прекрасное настроение. Он победил врага и поцеловал девушку. Не каждому молодому это удается. Жизнь продолжается.

Перед моими воротами — молодой мужчина в тяжелых ботинках. Не таджик. Славянской внешности. Я смотрю на его обувь и понимаю — тот же самый.

Я спрашиваю:

— Что вы здесь делаете?

— Гуляю. А что?

— Да ничего. Стоите уже полчаса.

— Говорят, здесь Эльдар Рязанов живет…

— В начале улицы, — уточняю я.

— А это дом Токаревой?

— Ну да.

— А вы кто?

— Я? Потомок.

— А-а… Тогда это меняет дело.

— Какое дело?

— Ну вы как-то очень нахально разговариваете. А если потомок, то это меняет дело. До свидания.

— Счастливо оставаться.

Он пошел к началу улицы. Там живет не только Эльдар Рязанов, но и Владимир Войнович.

Я посмотрела парню вслед. Подумала: если он поверил, что я потомок, тогда сколько же лет Токаревой? Видимо, она ровесница Жорж Санд, жившей в начале XIX века. Для него сие неизвестно, но тем не менее он отправился на экскурсию по святым местам. Значит, молодежь тяготеет к культуре. Значит, не все пропало и все будет хорошо, как поет Верка Сердючка. «Все будет хорошо, я это знаю». Я ничего не знаю, но верю. Скоро Новый год. Нефть подорожает, рубль укрепится, люди воспрянут и будут счастливы каждый на свой манер.

К овчарке вернутся хозяева. У Фомы перестанут болеть колени. С неба перестанут идти ледяные дожди, а молодой человек повстречает Рязанова, и они поговорят по душам.

содержание

Литературно-художественное издание

*токарева
виктория самойловна*
немножко иностранка

Редактор Д.Гурьянов
Художественный редактор П.Подколзин
Корректоры Т.Дмитриева, Е.Туманова
Технический редактор Л.Синицына
Компьютерная верстка Т.Коровенковой

ООО «Издательская Группа «Азбука-Аттикус» —
обладатель товарного знака «Азбука»
119334, Москва, 5-й Донской проезд, д. 15, стр. 4
Тел. (495) 933-76-01, факс (495) 933-76-19
E-mail: sales@atticus-group.ru; info@azbooka-m.ru

Филиал ООО «Издательская Группа «Азбука-Аттикус»
в г. Санкт-Петербурге
191123, Санкт-Петербург, Воскресенская набережная, д. 12, лит. А
Тел. (812) 327-04-55
E-mail: trade@azbooka.spb.ru; atticus@azbooka.spb.ru

ЧП «Издательство «Махаон-Украина»
04073, Киев, Московский проспект, д. 6, 2-й этаж
Тел./факс (044) 490-99-01
e-mail: sale@machaon.kiev.ua

www.azbooka.ru; www.atticus-group.ru

16+ Знак информационной продукции
(Федеральный закон № 436-ФЗ от 29.12.2010 г.)

Подписано в печать 04.04.2016
Формат 84×108 1/32. Бумага офсетная.
Гарнитура «Original Garamond».
Печать офсетная. Усл. печ. л. 13,44
Тираж 30 000 экз. B-TIG-19301-01-R. Заказ № 8661/16.

Отпечатано в соответствии с предоставленными материалами
в ООО «ИПК Парето-Принт». 170546, Тверская область,
Промышленная зона Боровлево-1, комплекс № 3А
www.pareto-print.ru